U0075689

少女惡作劇中…？

間諜教室

SPY ROOM

「忘我」安妮特

03

竹町

illustration

トマリ

Kadokawa Fantastic Novels

彩頁、內文插畫／トマリ
槍械設定協助／アサウラ

SPY ROOM
the room is a specialized institution of mission impossible
code name bouga

CONTENTS

序章　失蹤

the room is a specialized institution of mission impossible
code name bouga

同伴消失了——

克勞斯冷靜地接受這個事實，坐在陽炎宮的大廳沙發上。

平時就缺乏表情的他，此時表情顯得更加僵硬，翹著腿整個人動也不動。雙眼緊閉，看起來就像在睡覺。偶爾他會睜開眼睛，望向桌上的收音機，然後再度閉上雙眼。他就只是一再重複這樣的動作。

小提琴的演奏聲從收音機流瀉而出。世界大戰期間，為了向國民傳達戰況而開始存在的廣播，在戰後增加了娛樂節目，繼續為從苦難的戰爭谷底爬上來的人們帶來心靈上的依靠。這原本應該是為人樂見之事，然而如今卻令人厭煩。

感覺像是持續了好幾個小時的音樂節目結束，早晨的新聞節目終於開始播放。可是，節目中卻只有報導經濟情勢，沒有任何有利的資訊。

「至少沒有發生重大事故。」

克勞斯做此判斷。

大廳裡還有其他四名少女。

她們也圍在桌旁，侷促不安地注視著收音機。

——間諜團隊「燈火」。

隸屬於迪恩共和國的諜報機關——對外情報室之下的新組織。由克勞斯和八名少女組成，主要任務是完成被稱為不可能任務的超高難度任務。就在兩週前，她們才剛逮捕了被取名為「屍」的敵國間諜，成功防範刺殺於未然。

可是，在處理完善後工作之後，四名少女失去了蹤影。

她們原先預定昨天晚上回到陽炎宮，但是卻到了早上還沒回來。

也沒有打電話通知會遲歸。

下落不明——只能做出這樣的結論。

「如果只是搞錯回家的日期就好了。」

做出如此充滿希望的發言的，是一名銀髮少女——百合。可愛的外表和豐滿的胸部為其特徵。

克勞斯左右搖頭。

「消失的同伴如果是妳，那還有這種可能……」

「好過分！」

「但是，憑她們那幾個成員，不可能會犯這種愚蠢的錯誤。我看，恐怕應該將她們想成正處於甚至無法打電話的狀況了。」

克勞斯在上一回的任務中，將團隊分為兩組。

能力優秀、足以對抗刺客「屍」的四人；以及即使克勞斯不在，也能發揮絕佳協調性去克服困難的四人。

失蹤的是前者。很難想像她們四人會全都忘了聯絡。

「……把她們想成是遇上麻煩或意外，或許比較妥當吧。」

紅髮少女──葛蕾特一邊泡紅茶，一邊說出自己的感想。這名少女的四肢纖細，給人宛如玻璃工藝品般縹渺虛無的印象。

「……老大，請告訴我們。你們這一個月來是怎麼過的？」

聽了她的發言，其他少女也點頭附和。凜然的白髮少女──席薇亞瞪著克勞斯，怯懦的褐髮少女──莎拉也用不安的眼神望著他。

「就是說啊，我一直覺得很好奇！」

百合向前探身。

「為什麼我的房間會被炸掉？」

「…………………………………………………………」

克勞斯接過紅茶，含入口中。

「葛蕾特，妳泡的紅茶果然美——」

「請不要轉移話題！」

「因為出了點差錯。」

「只是因為出了差錯，就可以把人家的房間炸掉嗎！」

一面聽著百合的怒吼，克勞斯一面回想。

現在，百合的房間外牆毀損，只能任憑風吹雨淋。床鋪半毀，她的私人物品被炸到院子裡，燒了一半的衣物堆了一地。

昨晚回來之後，目睹這幅慘狀的百合聽說嚇到腿軟。

克勞斯決定說出來。

說出這一個月來，百合等人不在的「燈火」做了什麼——

以及，百合的房間究竟為何會被炸毀——

「那麼，莎拉的寵物們我之後會再請業者幫忙送過去。」

黑髮少女——「夢語」緹雅。

她的外表十分美麗。烏黑亮麗的長髮、凹凸有致的身材、散發出煽情魅力的眼睛和嘴唇。容貌成熟得一點都不像是十八歲的少女。

被選中去執行「屍」任務的是葛蕾特、席薇亞、莎拉、百合，落選的緹雅則率先協助支援。

「武器我也會以虛構的公司名義，安排過幾天送達。啊，對了。為了預防席薇亞的傷勢惡化，我也會把急救箱放進去。」

為了獲選的同伴忘我地付出。

她手腳俐落地進行準備。

同伴們之間，經常會出現「緹雅才是實質上的領導人吧？」的話題。

克勞斯突然設立了「領導人」這個職位，而且不知為何指名要百合擔任。以「組織都已經有老大了，為什麼還要有領導人啊？」這樣的吐槽為首，眾人心中雖然產生了諸多疑問，但最終還是在「大概是為了提升百合的幹勁，才隨便增設這個職位吧」的認知下平息下來。
所有人都不把百合當成領導人看。唯獨感動地心想「哼哼，領導人這幾個字聽起來真舒服」的本人除外。
取而代之統合少女們的是緹雅。
主要原因並非只是因為她很會照顧人。少女之中數一數二的美貌，令美貌更為突顯的清亮聲音，積極與同伴往來的好人品；年齡也和葛蕾特同為最年長。基於以上種種因素，她一直都是團隊中實質上的領導人。
「那麼，祝妳們成功。請妳們一定要活著回來。」
直到出發前一刻都盡力支援的緹雅，為即將出發的少女們送行。
「葛蕾特，妳千萬不要太勉強自己，要和老師好好地合作。」
「是，謝謝妳來送行……」
她殷切地叮嚀同為情報組的葛蕾特。
然後，望向在離去之際一臉難為情的百合。
「奇怪？百合，妳怎麼了？感覺有點沒精神耶。」
「啊，沒什麼，只不過……」
百合慌張地搖手，小聲說道。

「我原本有點擔心，成員們之間會不會因為選拔而產生嫌隙。可是，緹雅妳的語氣這麼開朗，讓我感到很意外……」

「哎呀，一點都不像妳耶。妳怎麼不像平常一樣傻傻的呢？」

「麻煩注意一下妳的用詞！」

「放心啦，要對被老師選中的自己有信心。再說，我一點都不覺得不甘心啊，反而還很開心妳們的努力獲得認同呢。」

緹雅的鼓勵似乎讓百合感到安心。

只見她宛如花朵綻放一般，露出開朗的表情。

「我明白了！被選中的天才百合會好好表現的！」

做出這番宣言，然後就衝出玄關。

為了追上百合，其他少女也向緹雅揮揮手，朝屋外走去。

直到最後，緹雅臉上始終掛著笑容。

以讓人感覺從容、不帶一絲不甘的表情，目送同伴之後。

「…………走了呢。」

她如此低喃。並且稍微打開門，確認已經看不見百合等人。

接著，她來到大廳。

站在沙發旁，大口吸氣。

然後彷彿突然沒了力氣似的倒在沙發上。

「好不甘心啊啊啊啊啊啊啊啊啊啊啊啊啊啊啊啊啊啊啊啊！」

這麼大聲喊叫。

「一切都完了！太離譜了！我什麼也無法相信了！一直這麼努力的我居然會被排除在外！虧我還以為自己一定會被選中！不甘心！好不甘心！我好不甘心啊啊啊啊啊啊啊啊！」

她揮舞手腳，猛捶沙發。

「我到底哪裡不夠好？我明明就有認真完成課題啊！」

她繼續不像樣地大吵大鬧。

自從發表成員名單那一刻起，她就一直忍耐到現在，然而她再也忍不下去了。

從容不過是演技。她始終咬緊牙根、緊握雙拳，壓抑住想要鬧脾氣的衝動。

她完全無法接受選拔的結果。為什麼自己沒有被選中？為什麼受傷的席薇亞會入選？為什麼廢物感滿滿的百合會被選上？

儘管內心有諸多疑問，但是有一點可以確定。

「老師並不認同我的實力！」

那就是這個事實，以及接下來掠過腦海的——

「換句話說，老師會選我加入『燈火』，都是為了得到我的身體！」

這個可能性。

她自認做出了名推理。

「我什麼都知道了啦！總之，老師會讓八名無處可去的少女圍繞在自己身旁，都是為了那種理由！我早就覺得一個男人和多名少女同居，根本就像是色情小說裡的情節了！猥褻！色魔！假如他能更溫柔地誘導我，我也不是不願意——」

「吵死了。」

正當她大聲嚷嚷時，克勞斯忽然出現，然後下一秒就翻倒了沙發。

緹雅滾到地板上，杏眼圓睜。

「呃，老師……你是從哪裡開始聽的？」

「妳的音量大到響徹整間屋子，還敢問我是從哪裡開始聽的？」

克勞斯露出真心覺得傻眼的表情。

然後，他對心生羞恥的緹雅說。

「快點冷靜下來。妳有個重要任務要去執行。」

◇◇◇

世界上充滿了痛苦——

被稱為世界大戰的史上最大戰爭結束至今，已經過了十年。目睹慘狀的政治家們捨棄軍事力量，改採利用間諜來壓制他國的政策。

各國紛紛強化諜報機關，展開由間諜所上演的影子戰爭。

「燈火」是代表迪恩共和國的間諜團隊。

是專門執行其他同胞未能達成的任務——不可能任務的機關，受託殺害被取名為「屍」的刺客。克勞斯在經過一番深思熟慮後，選拔出四名成員：葛蕾特、百合、席薇亞、莎拉，將她們送進某位極具影響力的政治家家中。

可是據他所言，這似乎是一場騙局。

「我先把說話清楚了，要和『屍』作戰的是妳們四人。」

此刻，緹雅正和其餘三名少女一起在大廳豎耳傾聽。

克勞斯說明了事情的來龍去脈。

葛蕾特她們的任務是舉發「屍」的同夥。她們前往某位極具影響力的政治家身邊，揭發支援暗殺的同夥。而為了讓敵人誤以為克勞斯就在附近，克勞斯並未向百合等人說明自己不在的事實。

「我要帶去和『屍』作戰的是妳們四人。」

「……原來如此啊，這下我終於明白了。」

緹雅放下心來。

看樣子，自己並沒有被拋棄。之前覺得奇怪的地方也全都可以理解了。

「經你這麼解釋，我總算恍然大悟了。真不愧是老師，這個點子真棒。」

「可是妳剛才似乎相當慌亂。」

「那件事就請你忘了吧……」

「『屍』是殘忍的刺客，因此必須隨時保持冷靜。」

克勞斯對她投以銳利的目光。

「最棘手的一點，就是『屍』連一般老百姓也會滿不在乎地殺害。為了暗殺一人，他甚至不惜殺死不相干的十人。在無人喪命的前提下將他逮捕——這是絕對必須達成的條件。」

政治家和間諜——「屍」據說正不斷殺害仇視帝國的人。

「這個條件無疑十分嚴苛。所以，我要進行一項測驗。」

「測驗？」

「沒錯。如果妳們沒能在傍晚前達成，我就不能帶妳們去。」

緹雅倒吸一口氣。

他所言恐怕不假。克勞斯已經好幾度獨自完成任務。他已做好背負風險的心理準備，打算單獨去和「屍」交手。

克勞斯亮出手掌。

「──來碰我的手。這就是測驗內容。」

這比平時的課題──讓克勞斯宣布「投降」的難度來得低。

但是，事情應該沒有那麼容易辦到。況且時限只有不到半天，現在也只剩下四名同伴。

儘管焦急地心想，眼前的狀況太嚴苛了──

「我相信妳們一定能夠達成。所以我才會選出妳們這四名最強的成員。」

「……！」

然而聽到他用誠懇的語氣這麼說，緹雅感受到一股熱流從身體深處湧現。

（沒錯……我贏了。雖然對沒被選上的同伴很不好意思，但我確實獲得了認同。）

她握緊拳頭。

過去一向單獨挑戰任務的克勞斯，好不容易終於願意依賴自己。光是如此就令人深感榮幸，更別說還被選為四名成員之一。能夠獲得他這樣實力堅強的人認同，心裡不可能會不開心。

我一定要成功。

我一定要通過測驗，然後成功打倒「屍」。

「交給我吧。雖然剛才讓你見笑，不過那也是最後一次了。我一定會好好回應你對我的信賴。」

「——好極了。」

見到克勞斯滿意地點頭，緹雅用手大大地將頭髮往上一撥。

接著為了激勵其他同伴，她在激昂的心跳聲中轉過身。

「好了，各位！來開作戰會議吧！我們一定可以——」

她倏地止住話。

「……奇怪？」

緹雅偏了偏頭。

同伴們不見了。剛才還坐在沙發上的三名少女失去蹤影。

「…………………………」

無言以對。

難道是回房間去了？可是事情還沒有討論完耶？這下測驗要怎麼辦？

「有件事我先跟妳說清楚。」

克勞斯淡淡地說。

「獲選的四人都擁有優秀的技術。只不過除了妳之外，其餘三人顯然都不擅長和他人合作。」

「呃……」

「莫妮卡、愛爾娜、安妮特都因為欠缺協調性，而在培育機關裡受了挫折。」

他以平淡的口吻說明事實。

仔細想想，「燈火」之中根本沒有一個人擅長團隊合作。

「可是既然要和『屍』交手，成員之間的團結便不可或缺。」

「話是這麼說沒錯，難不成……」

正當緹雅心中產生不祥的預感，就見到克勞斯逃也似的走了。他把手扶在大廳的門上，留下最後一句話。

「由妳來統合所有人。」

「你說的重要任務就是這個？」

另一個難題的出現，令緹雅不禁發出悲鳴。

緹雅苦惱地走在走廊上。

（……現在想想，每次我發揮領導力的時候，總是所有成員都在場。）

她很清楚自己在團隊中，擔任著領導人的角色。

年紀最長的她，總是有意識地想要去支援仍保有稚氣的同伴。

儘管她對於百合被選為領導人一事並非沒有意見，但是因為百合本人一副天真無邪很開心的模樣，她也就予以尊重，並且暗中支持著團隊。這應該才是成熟的應對態度吧，她想。緹雅代替不受同伴尊敬的百合，自己領導著所有成員。

她對於負責指揮一事並無不滿，可是，現在卻出現了令人煩惱的大問題。

（總是幫忙炒熱氣氛的百合和席薇亞不在……）

她們兩人的實力雖然令人不安，可是對於營造團隊的氣氛卻有著極大貢獻。平時總是由百合做出緩和氣氛的傻氣言行，再由席薇亞狠狠地吐槽她。這時，若再加上莎拉的可愛反應，場面氣氛就更加和諧了。

直到她們不在了，緹雅這才明白她們的可貴。

而且，一旦連能夠好好地正常交談的葛蕾特也不在，整個團隊簡直就接近半毀狀態。

（再加上，剩餘成員全都各有怪癖……）

緹雅蹙起眉頭，沿著走廊前進。

（我看，就從對話難度低的依序開始吧。）

第一號人物不知為何不在自己房間。明明好像沒有外出，但就是不見人影。緹雅四處找了一會兒，忽然聽見有聲音從百合房裡傳來。

她打開門，見到那人躺在百合的床上。

「嗯？妳找在下有什麼事？」

藍銀髮少女——莫妮卡。代號「冰刃」。

中等身材，很難說有什麼特徵的少女。整體感覺清清秀秀的，個性卻教人捉摸不定。雖然會自然而然地注意到她那左右不對稱的髮型，但是就連這一點也難以用言語來形容。平凡之中卻又帶著不平凡。這名少女就是散發出如此超然的氣質。

她依舊躺在床上，只將臉轉向緹雅。

「妳還問呢。」緹雅把手扠在腰上。「我才想問妳在百合房裡做什麼。」

「調查。」

「什麼意思？」

莫妮卡手裡拿著筆記本和鉛筆，正躺著寫東西。

「在下想趁屋子裡人少的時候，重新做個調查。」

「調查陽炎宮嗎？」

「總之就是隨便調查一下啦。妳到底有什麼事？」

她一副不想繼續解釋地改變話題。

「當然是找妳商量啊。妳打算怎麼通過測驗？」

「咦？那件事有必要商量嗎？」

「……妳該不會沒打算參加測驗吧？」

「有是有，可是就算和妳們合作，感覺也沒辦法通過啊。」

「！妳怎麼可以擅自下結論啦！」

就是這個。

莫妮卡的個性——天不怕地不怕的傲慢。

她總是瞧不起同伴，不知謙虛為何物，嘴巴又壞。儘管擁有相當的實力，然而那一點更令周遭的人感到煩躁。還有，她年僅十六歲的這個事實，也讓十八歲年紀略長的緹雅心情有些複雜。

「妳再擺架子，也只會讓自己難堪喔？」緹雅提高音調。「不管裝得多了不起，既然身在『燈火』，就表示妳以前在培育學校也只是個吊車尾的。」

「在下之前沒有說過嗎？我只是故意在測驗時摸魚罷了。」

「哎呀，可是我聽說妳很不擅長與人合作耶？」

「才不是呢，是其他人跟不上在下的實力。」

「呵呵，我看妳是在找藉口吧？」

轉。

「……」

莫妮卡沉默不語。

大概是挑釁發揮效果了吧。緹雅如此期待著，但是莫妮卡的表情卻十分冷酷。

她冷不防朝緹雅伸手。

「借我硬幣。」莫妮卡說。「妳來猜猜看在下會彈出什麼。」

「……如果我猜對了，妳就願意幫忙嗎？」

「猜錯了就給我出去。」

緹雅扔出硬幣後，莫妮卡依舊躺著用手指彈了硬幣。硬幣發出清脆的聲音，在空中猛地旋

就在硬幣抵達最頂端時。

「是正面。」

緹雅這麼說。

之後硬幣落下——卡在地板的縫隙間，直立不動。

「——！」

「可以請妳出去嗎？在下要自由行動。」

莫妮卡一臉厭煩地搖手。瞧她毫不驚訝的態度，這個結果似乎是她故意製造出來的。

說完，她隨即又開始寫東西，對緹雅漠不關心。

由於和莫妮卡商量失敗，緹雅於是前去拜訪第二個人。

和莫妮卡不同，她的個性沒有問題，但是，她主要有問題的是社交能力。

緹雅再次回到大廳，見到那名少女正躲在沙發後面。她的頭頂從沙發椅背露了出來，只能看見部分金髮的景象實在詭異。

「愛爾娜，我們來聊聊吧。」

為了不嚇到她，緹雅柔聲細語地接近。

金髮倏地移動，竄到別張沙發後面。簡直就像躲在草叢裡的兔子。

「愛爾娜♪」

再次挑戰。

可是，金髮又動作敏捷地逃走了。好驚人的反射神經。只要緹雅走近一步，金髮便早一步移動到別張沙發後面。反覆試了好幾次，還是捉不到那人。

緹雅不死心地繼續追趕。

「呢！」

結果金髮忽然發出了驚呼。

好像是鞋子掉了。飛到半空中的皮鞋鞋帶斷了。運氣還真差。那人倒在地毯上，俯臥在地。

「不幸……」

最後，皮鞋還叩一聲地落在她頭上，她哀怨地喃喃嘟噥。

金髮少女——愛爾娜。代號是「愚人」。

終於見到本人了。這名少女的外表稚嫩得不像十四歲，一頭明亮金髮和透白肌膚，宛如一尊洋娃娃般美麗可人。

然後，她相當怕生。

她一穿好鞋子，就又再次躲到沙發後面。

「那個，妳要是又逃跑，我也會受到打擊喔。」

「……對不起。」

說話聲從沙發另一頭傳來。

「可是，愛爾娜只要和別人對到眼就會很不自在呢。」

「唔嗯，可是，妳平常話好像沒有這麼少啊？」

「唔……這句話聽在有溝通障礙的人耳裡很傷人呢。」

「溝通障礙？」

「溝、溝通障礙有分成好幾種呢……以愛爾娜來說，我只要在親近的人面前就很多話，也敢在很多人的場合上發言；即使是不熟的人，只要鼓起勇氣就敢跟對方打招呼。」

「我一點都不覺得妳有障礙啊……」

「可是！和還不熟的人一對一交談讓愛爾娜很害怕呢！」

「妳的標準也太難懂了吧？」

「然後，被別人說『妳平常話好像比較多？』是最令人感到羞恥的一件事呢！」

露在沙發外面的金髮不住顫抖。

總之，溝通障礙者的性質似乎各有不同。

愛爾娜因為有著不幸體質——正確來說是自罰體質（？）——從小到大都沒有發展出與人交流的能力。這或許也是沒辦法的事情。

「……愛爾娜能夠順利交談的對象，就只有老師和莎拉姊姊。」

聽了她的說明，緹雅不禁搖頭。莎拉不在這裡。

現在只能靠自己引導對話了。

「既然如此，我們就從簡單的對話開始，好不好？」

「愛、愛爾娜會努力呢。」

少女終於做出了讓步。

沒錯，她的社交能力雖然令人擔心，不過性格相當友好。

「舉例來說……妳平常會和老師聊什麼？」

「……都是些小事呢。」細小的說話聲傳來。「大概就是聊聊天氣之類的。」

「不錯啊。能夠在這個話題上聊得熱絡，表示你們兩人很合得來。」

——又或者是，兩人都沒有話題可說。

儘管有預感應該是後者，緹雅還是決定暫且不提。

「愛爾娜，妳喜歡老師嗎？」

「……愛爾娜不清楚那是不是戀愛呢。即使和莎拉姊姊討論，也得不出答案呢。」

「喔，原來妳也會和莎拉聊那種事情啊。」

「因為莎拉姊姊非常溫柔，總是很有耐心地陪愛爾娜呢。」

她似乎對莎拉有著很深的信賴感。

在成員多半個性鮮明的「燈火」裡，和莎拉在一起比較安心這一點讓人不難理解。

原來如此，這下掌握住人際關係了。她們雖然同屬特殊組，不過負責統合協調的人應該是莎拉吧。莎拉似乎也和另一名難搞的少女處得很好。

一方面也為了攻陷刻意擺在最後的第三個人，首先得先搞定愛爾娜才行。

夾雜了兩三個閒聊，在對方放鬆戒心之時切入正題。

「吶，愛爾娜，關於測驗的事情——」

「好厲害……愛爾娜已經和人交談五分鐘了呢。」

實在不該大意的。

愛爾娜一臉恍惚地眺望起天花板，聲音中流露出倦意。

「……愛爾娜累了，要休息了呢。」

「我們才聊了五分鐘耶？」

緹雅極力勸阻，愛爾娜卻充耳不聞。

她以敏捷的動作迅速離開，從大廳中消失。

沒想到會被連續拒絕兩次。

緹雅的步伐很沉重。

雖然早有心理準備，可是難度卻遠遠超乎預期。她萬萬沒料到，自己居然連和成員中還算好相處的兩人也無法對話。

（這樣根本不用談什麼團結嘛……）

光是讓成員的步調一致這件事就已經失敗了，更遑論打倒「屍」了。

（而且，最後一人更是令人擔心。）

——「燈火」最大的問題人物。

在由培育學校的劣等生組成的團隊中，格外異樣的少女。

（不行，不能還沒找她說話就氣餒！我們畢竟是同伴，她一定能夠理解我說的話。）

緹雅如此說服自己，好忘卻接連的失敗。

（我一定辦得到！因為，我可是被老師指名的人！）

緹雅拍拍自己的臉頰，前往最後一人的寢室。

她的房間位於陽炎宮的角落。一開始原本是在中央附近，可是因為遭人投訴太吵，於是就被下令搬去別的房間。房門完全敞開。她好像沒有維護隱私的想法，無論是正在睡覺還是換衣服，她從來都不關上房門。

緹雅敲了敲牆壁，進入房內。

那人正在房間中央睡覺。以倒掛的姿勢。

「…………！」

油的氣味刺激著鼻腔。

寬敞的房間裡堆滿了大量機械。雖然看起來就只是一堆破銅爛鐵，不過對她而言大概很重要吧。引擎、齒輪、銅線、彈簧複雜地纏繞，形成一座巨大的山。仔細一瞧，可以從機械的縫隙間看見疑似床鋪的物體。

好像是因為零件太多導致床無法使用，於是她才裝了吊床。少女似乎是因為半個身體往下墜落，結果變成這副倒掛在房間中央的模樣。

「好了，安妮特，快醒來。白天睡太久，小心晚上會睡不著喔。」

壓抑住想打道回府的衝動，緹雅搖搖她的肩膀。

倒掛的少女倏地睜大雙眼，掙脫掉纏在腳上的吊床。才心想要摔下來了，那瞬間她就將身體一扭，漂亮落地。

「本小姐醒了！」

灰桃髮少女——安妮特。

她的外表個性十足，實在讓人無法想像她是間諜。長長的頭髮綁成兩束，勉強紮成了髮辮。可能是以前受過傷吧，臉上戴著眼罩這一點也是她的特徵之一。最起碼沒有間諜的外表會像她這麼好認。

只要靜靜地不說話，她的外表確實是非常可愛，可是——

「吶，安妮特，總之——」

「啊！緹雅大姊。」

安妮特打斷緹雅的話，笑眯眯地說。

「妳現在腳下踩的，是本小姐製作的炸彈。」

「妳在房間裡亂擺什麼東西啦！」

「從右邊開始，依序是小刀型電擊棒四號、鋼筆型強力瓦斯噴槍、無堅不摧的巴祖卡火箭筒、超級降落傘三號──」

「我沒有在問種類！」

緹雅急忙遠離散落一地的機械。那些似乎全是安妮特的發明。

她帶著走在地雷區般的心情，來到看得見地板的地方。

「安妮特，我問妳，妳剛才為什麼要回房間？」

提出疑問後，只見她撿起掉在地板上的牛奶瓶，舉向天花板。

「因為本小姐想喝熱牛奶！」

「喔，這樣啊……」

已經不想對她生氣了。這下該從何說明起呢？

「我說安妮特，下次妳要離開的時候，記得跟我說一聲。」

「知道了！」

「這次的任務也很艱難，妳沒問題嗎？」

「知道了！」

「…………妳是不是在敷衍我？」

「沒有！」

「跳一下。」

「知道了！」安妮特在原地跳動。

「轉一圈。」

「知道了！」安妮特轉了一圈。

「脫衣服。」

「知道了！」安妮特說完，便動手準備把衣服脫掉——結果緹雅制止了她。

緹雅抱頭苦惱。

「這究竟是哪門子的思考模式啊……」

安妮特的特徵——純真無瑕，自由奔放，心思難以捉摸。

連應該質疑的事情也會照辦；即使被告知危險的任務，也會毫不猶豫地去做；縱使是不合理的命令也照樣服從，沒有一絲躊躇。儘管如此，有時她卻又會沒來由地拒絕，突然做出奇怪的舉動。而且還會基於她本人過剩的好奇心，發明出各種奇妙的作品。

據克勞斯所言，她沒有進入培育學校之前的記憶，一如「忘我」這個過於直接的代號。文件上記載的是十四歲，然而實際年齡不明。她是在沒有本人的記憶，也沒有出生紀錄的情況下被收容。

想法不明且出身不明——安妮特就是這樣的一名少女。

（但是，還是得設法找出對話的開端……）

當緹雅正在苦惱時，安妮特一臉疑惑地偏著頭。

「緹雅大姊，妳身體不舒服嗎？」

「嗯，有一點。」

結果，安妮特立刻不假思索地拍打緹雅的臉頰。突如其來地賞了緹雅好幾個巴掌後，她做出「根據本小姐的判斷，這不是感冒」的診斷。

語氣、外表、行為，全都令人費解。

可是，她好像很在意緹雅的身體狀況。她對於同伴似乎是有感情的。

緹雅決定把一線希望賭在這一點上。

「安妮特，我正在為了老師所說的測驗傷腦筋。妳願意幫我嗎？」

「啊！如果妳是說那個，本小姐剛才已經挑戰過了！」

「咦？」

好意外。

原以為她已經忘了測驗這回事，結果原來她有去面對啊。

「告訴我，妳是怎麼挑戰測驗的？」

「本小姐拜託克勞斯大哥『請讓我摸你的手』！」

「呃……」

「但是他拒絕了。」

這是當然的。

要是這樣拜託就ＯＫ，那還叫做測驗嗎？

「本小姐要賭氣睡覺！」

安妮特發出宣言之後，隨即撲向掛在半空中的吊床。儘管半個身體滑落，又變成了倒掛的姿勢，她卻一副很舒適地開始睡覺。

「…………………」

緹雅的心響起破碎的聲音。

◇◇◇

「不行啦……要把這樣的成員統合起來根本是不可能的事……太強人所難了……」

緹雅蹲在裝著老鼠的籠子前。

我有領導能力，連不擅長與人合作的同伴也能統合起來——這樣的幻想最終粉碎了。她終於體認到，自己以前之所以能夠領導眾人，都是多虧不在這裡的同伴。一旦只剩自己一人，就會陷入和誰也無法交談的慘狀。

好難過。感覺快哭了。誰來救救我。

「……虧我這麼努力……她們卻完全不肯幫我……」

「就算是這樣，妳也不要來找我啊。」

以冷淡語氣回答的，是在緹雅旁邊溫柔地抱著老鼠的克勞斯。

位於陽炎宮外的動物籠舍。

這裡原本是倉庫，後來在操控動物的少女——莎拉的改造之下，飼養了許多寵物。本來這裡也有飼養老鷹和狗，不過牠們被莎拉帶去出任務了，所以現在籠舍裡只有五隻老鼠。

「我得在中午以前，把這些老鼠交給業者才行。很抱歉，我沒空理妳。」

克勞斯表情厭煩地回答。

隔天，成員就要離開陽炎宮了。由於沒有人可以幫忙照顧，因此得將莎拉的寵物託人照料才行。

——當然，這是在緹雅等人通過測驗的情況下。

為此，老大親自動作迅速地進行準備，對緹雅不理不睬。

「剛才的慌亂也是一樣，妳有時心靈還挺脆弱的呢。」

「……我自己也有感覺啦。」

精神混亂已經不是第一次了。和克勞斯進行訓練結果失敗時，緹雅也經常鬧脾氣。

「吶，老師……」

緹雅撒嬌地說。

「你可以溫柔地安慰我嗎？」

「恕我拒絕。」

斷然拒絕。

緹雅恨恨地瞪著克勞斯。

「……這還是第一次有男性見到沮喪的我，還對我說出這麼過分的話。」

「以前那些男性是怎麼做的？」

「他們都非常善良，會不～～斷不斷地誇獎我——直到早上。」

「結果那種寵溺的行為，造就了妳脆弱的心靈啊。」

緹雅再次朝冷漠的克勞斯投以忿恨的目光。

她對自己的外表很有自信。每每走在街上，她總會吸引眾多男性的目光；若是主動搭話，更能誘惑九成以上的男性和她發生關係。即使身處外貌姣好者眾的「燈火」，她也有自信自己的美貌數一數二。

然而，她的美貌卻對克勞斯不管用。

緹雅試過好幾次色誘，他卻連一次都沒有反應。

「妳要不要稍微自制一點？妳就是因為這樣，才會在培育機關被拉低成績吧？」

「……我怎麼知道和我交往的男教官有老婆嘛。」

「結果就引發了一場腥風血雨。」

「我也不想再碰上那種事了。我已經有稍微克制了啦。」

這便是緹雅會被蓋上吊車尾的烙印的原因。

一再到城裡和男人同床共枕，或是和男教官共度春宵。從她的觀點來看，這也是作為女間諜的訓練項目之一。可是，太過火的行為卻引起其他教官的反感，故意拉低了她的成績。

「不管怎樣，只要無法通過測驗，我就不能帶妳們去。在無法團結合作的情況下執行任務，妳們就只有死路一條。」

克勞斯的語氣十分堅定。

「最壞的情況，就是由我一人單獨出馬。」

「……！」

「可是這麼一來，『屍』殺害無辜國民的風險就會增加。」

面對擺在眼前的沉重責任，緹雅不由得呻吟。

——要是我們沒能通過測驗，國民就會死去。

間諜所背負的沉重壓力。

她並不認為超人一般的克勞斯會輸給「屍」。可是，「屍」為了暗殺和逃走，會滿不在乎地屠殺一般老百姓。克勞斯需要人手阻止那種事情發生。

「…………」

緹雅朝正在進行作業的克勞斯的右手伸手。

可是，他行雲流水般地避開了。

緹雅好幾度試圖強行觸碰他的手，卻總是追不上他的速度。她也試過弄倒裝了水的桶子，發出性感的聲音，卻遭到克勞斯無視。吸了水的裙子貼在身上，讓身體曲線畢露，然而他卻似乎一點興趣也沒有。

看來，果然無法靠自己一人達成。

必須和同伴合作才行。

可是，要怎麼做？該怎麼和甚至無法好好交談的人們合作？

「緹雅。」

正當她苦惱地緊抿雙唇時，克勞斯主動開口了。

「我記得妳對『火焰』相當熟悉，對吧？為什麼妳會那麼清楚？」

話題轉換得真是突然。

「嗯……是因為我曾經和他們接觸過啦。」緹雅點頭。

她曾好幾次向他表達自己對「火焰」的崇拜。

「七年前，『火焰』曾經救我一命。老師你還記得嗎？當時，知名報社的老闆的獨生女遭到帝國間諜綁架。」

「……我不記得了。可能當時我正在執行其他任務吧。」

「其實我也不記得老師有在，所以可能是這樣吧。『火焰』的事情是一名紅髮女性告訴我的。」

緹雅下意識地泛起微笑。

「她告訴睡不著的我那些事情。她真的是一個非常溫柔的人，是我的救命恩人，也是我的崇拜對象。」

克勞斯一臉意外地望向緹雅。

「紅髮女性啊……居然把國家的極機密情報當成睡前故事說給別人聽，真像是與眾不同的她會做的事。」

「就是啊。老師你認識她嗎？」

「認識。她的代號是『紅爐』──是『火焰』的上一任老大。」

緹雅「咦？」地驚呼。

因為那人相當年輕，緹雅一直以為她的地位很低，豈料她竟是傳說中的團隊的老大。

克勞斯瞇起雙眼，露出懷念的表情。

「緹雅，妳覺得『火焰』的成員感情好嗎？」

「咦……」

「即使是親密如家人的團隊，有時也會有看不慣、無法理解的事情，甚至還會頻繁地吵架。就連平時個性溫柔的老大，在爭論時態度也相當強硬。大家的想法都不相同，所以有幾次都因此發生衝突，遲遲無法收拾。」

「讓人有些意外……」

「不過，我並不認為那是壞事。」

克勞斯說道。

「——享受對立吧。同伴之間的分歧才是團隊的關鍵。」

這句話，聽在現在的緹雅耳裡感受尤深。

「這是老大曾經說過的話。妳應該要敢於和同伴正面衝突。」

來自「紅爐」的話。

緹雅感覺自己的心被猛然一刺。

離開動物籠舍後，緹雅看見了莫妮卡。

她手裡握著一支扳手。還來不及喊她，她就回到屋子裡了。

（……她從剛才開始到底在做什麼啊？）

莫妮卡說「在下要自由行動」，卻什麼也不肯透露，這一點實在教人火大。

緹雅苦思了一會兒，決定前往百合的房間。那是莫妮卡方才所在的地方，而她說自己正在進行調查。緹雅打算查明她要追查的東西。

百合的房間和她本人的性格不符，整理得相當整潔，牆壁上則擺滿了藥品。身為用毒者，她對於危險大概很有警覺心吧。別看她那個樣子，她的本性其實相當認真。

可是，地板上卻唯獨掉了一張紙片。感覺不像是百合的東西。

（是莫妮卡撕破扔掉的紙條……？）

打開紙張，首先映入眼簾的是羅列的情報。

【自來水管：庭院、廚房、浴室、大浴場×、盥洗室】

是和陽炎宮有關的情報。

為什麼莫妮卡現在要調查這些呢？還有，「大浴場」上打的×記號也意義不明。克勞斯所使用的浴室上沒有打×，只有少女們所使用的大浴場上做了記號。

好奇的緹雅繼續看下去，結果見到意想不到的情報。

【百合——比其他寢室來得寬敞。上一任老大的寢室？】

緹雅赫然抬頭。

難道莫妮卡正在調查「火焰」？

一如她所指出的，這裡確實比其他少女的寢室來得大，可能因為是二樓的邊間吧。內部裝潢也十分豪華，看得出來連床也是高級貨。

比起其他居住者，這顯然是給更高階的人住的房間。

「意思是，百合的房間以前是『紅爐』的寢室？」

就連採光也比克勞斯的房間好上許多。

一面心想占據最好房間的百合實在精明，還有至今依舊不更換房間的克勞斯是多麼孤獨，緹雅愣愣地環視房間。

（我所崇拜的人……我想要成為間諜的理由……）

將自己從地獄中拯救出來的救命恩人。

像太陽一樣溫暖地化解緹雅膽怯的心，同時又如同業火般強大堅韌的女性——教人不可能不受她吸引。

緹雅心中，至今仍記得她對自己做出的約定。

『只要好好磨練那份特技，妳就能成為比誰都厲害的間諜。』

『不過呢，我不希望妳成為普通的間諜。』

『以成為英雄為目標吧。』

『當妳實現了這個約定，屆時一定能夠與我重逢，而我會為妳準備一份很棒的禮物。』

儘管沒能重逢，然而她對自己說過的話，如今仍鮮明地留存在心中。

緹雅持續地磨練自己的特技。她會和許多男人發生關係，並非只是為了消遣解悶，而是要讓自己的才能得到徹底的發揮。即使幾度受挫，她也從來不曾捨棄理想。

——以成為英雄為目標。

就如同救了自己一命的那位紅髮間諜一樣。

「……『紅爐』小姐，妳也是和同伴彼此衝突，一邊前進的對吧？」

心靈重新振作了起來。

她在崇拜對象的房裡發誓。此刻她所需要的，是帶來成功的強大無比的自我主張。

「過去妳所守護的國民，這次就由我來守護到底——憑著妳在我身上發掘的力量。」

緹雅帶著優雅豔麗的微笑，開口宣示。

「代號『夢語』——迷惑摧毀的時間到了。」

愛爾娜正在廚房做午餐。肚子餓了哪還管什麼測驗。

少女們即使只剩下一半的人，做飯還是採取輪班制，必須自己下廚才行。聽克勞斯說，百合等人此刻正在扮演女僕。廚藝也是間諜的訓練項目之一。

「…………………」

可是，她卻無法集中注意力，思緒停滯空轉。

愛爾娜的習慣——她在腦中開起了檢討會。

（……愛爾娜逃離緹雅姊姊了呢。）

她的心情十分沮喪。

覺得自己好像太失禮了。

（果然應該繼續和她對話下去呢……）

我的態度是不是應該更熱絡一些？是不是應該露出可愛的笑容？她就這麼無止盡地反省自己。

克勞斯曾經勸她要多協助別人。

打倒基德時，愛爾娜和百合合作無間。可是，那是因為百合是個會大剌剌地和他人親近的人，所以愛爾娜不需要做什麼努力。

若是能夠再次像那樣給予他人協助就好了——

（可是……）

在下定決心之前，她的心又不自覺地踩了煞車。

（假使被捲入愛爾娜的不幸之中，大家一定會離開——）

正當如詛咒般纏繞的念頭興起，背後忽然傳來說話聲。

「哎呀，這不是愛爾娜嗎？」

「！」

她完全沒有察覺那人的氣息。

緹雅嘻嘻笑道。

「妳不用那麼害怕啦。妳負責下廚是嗎？另一個人是誰？」

「是莫妮卡姊姊。她留下『等我一下』的字條就消失了呢。」

「真是的！她該不會想偷懶吧？」

緹雅一臉傷腦筋地鼓起臉頰。

雖然對方似乎故意說笑以表示親暱，可是愛爾娜根本沒有心思去理會那些。允許還不親近的對象入侵自己的個人空間，讓她的心臟怦咚怦咚地跳個不停。

這裡是空間狹小的廚房，無處可逃。

發現自己不知不覺有了逃跑的念頭，愛爾娜搖搖頭。

（不、不行，這種時候得鼓起勇氣——）

就在她準備開口說話時，緹雅嘻嘻一笑。

「愛爾娜，我問妳。妳想和我拉近關係嗎？」

成熟的語調。

彷彿黏糊糊地纏繞住身體。

「老實回答我。妳想要袒露內心，和我拉近關係嗎？」

「我……」愛爾娜一瞬間支支吾吾起來。「……想呢。」

「嗯。那妳忍耐三秒鐘。」

「呢？」

「只要三秒就好，妳可以和我互相凝視嗎？」

話才說完，緹雅隨即朝愛爾娜伸出雙手。愛爾娜憑藉理性，制止反射性地想要逃跑的身體。

緹雅的手指纏也似的捧住愛爾娜的雙頰。她的手指冰冰涼涼的。

那是好比情侶接吻般的姿勢。緹雅以宛如黑曜石的澄澈雙眸注視著愛爾娜。她捧起愛爾娜的臉，與她互相凝視。

「就這樣不要動。」她發出甜美的呢喃。聲音彷彿滲透進因羞恥而麻痺的大腦。

三秒鐘的指定時間。

可是，愛爾娜卻感覺有幾十倍那麼長。

心裡疑惑著世間的情侶是否都有這樣的經驗，心臟怦咚怦咚地狂跳。緹雅的眼眸彷彿看穿了自己。

甚至隱約感覺到一股寒意。

——簡直就像內心遭到了窺視。

「愛爾娜。」

豐潤的嘴唇動了。

「妳真的好可愛。」

三秒似乎已經過了。緹雅的手放開了她。

愛爾娜大大地深呼吸。緊繃的氣氛讓她不由得屏住氣息。

剛才是怎麼回事？愛爾娜還茫然地如此心想時，緹雅說出了意想不到的話。

「——妳想要真正的姊姊是嗎？」

「！」

「妳會稱呼我們『姊姊』就是這麼回事吧？真是個撒嬌鬼呢。妳應該有自覺吧？察覺自己的心智比起一般的十四歲少女來得不成熟。真辛苦啊，明明想要撒嬌的心情愈來愈強烈，卻只能克制自己，無法表現出來。」

緹雅接連不斷地說著。

語氣中蘊藏了濃濃的嘲笑和譏諷的意味。好比不客氣地一腳踏入心房的口吻。

胸口像是受到壓迫般難受。

緹雅的分析，確實說中了愛爾娜內心的想法。

「我……」

在焦躁感的驅使下，愛爾娜出聲。

「不是的……愛爾娜單純只是不希望大家被捲入不幸……」

「就是因為這樣，妳的慾望才會從小開始一直無法實現。」

緹雅面露嘲笑。

「——真幼稚啊。」

整張臉瞬間發燙。

不知是羞恥，還是憤怒。那份激情讓她無法區別。

——為什麼我非得被這樣說不可？

愛爾娜小時候失去了家人。她在一場火災中失去了父母和兄姊，唯有自己活了下來。在其他孩子和父母一同玩耍的時期，愛爾娜始終都是獨自度過。

壓抑住其實好想要撒嬌的情感。

只有我還活著太狡猾了——她一直被困在那樣的執念中。

哥哥、姊姊連歡笑都辦不到，我卻過著幸福快樂的日子，這樣太狡猾了——

所以，她才會受到事故現場吸引，養成懲罰自己的習慣，罹患了無意識的自罰體質。將自我厭惡和贖罪的情感交織在一起，投身殘酷的間諜世界。

為什麼這份苦惱非得被人嘲笑不可！

「不是的。愛爾娜是——」

「沒關係，我來當愛爾娜的姊姊。」

愛爾娜的怒吼，被緹雅的擁抱強行打斷。

她被包覆在豐滿的懷中，一股令人懷念、柔和的氣味刺激著鼻腔。

「我會替妳向其他同伴保守祕密。妳可以偷偷地哭喔，我可愛的小妹妹。」

「呢……」

「坦白一點，不用害羞。理性什麼的也可以儘管拋棄。」

在極近距離下對著耳朵呢喃，聲音彷彿直接在腦中響起一般。

「連妳無法對任何人說的慾望，我也願意承受。」

噴發而出的激情已然淡去。

緹雅的手輕撫著愛爾娜的背。那份觸感是如此地溫柔、舒適，是愛爾娜人生至今從未體驗過的感受。

背脊微微顫抖。是恐懼嗎？感覺好像再這樣下去，自己就將不再是自己了。

可是，無法抗拒。

緹雅吐出的「小妹妹」一詞莫名帶著輕蔑的意味，令愛爾娜不禁發顫。讓人好想再聽一次的甜美聲音，鑽進了受傷心靈的縫隙間。

大腦就此停止轉動，漸漸變得什麼也無法思考。好像躺在被窩裡面一樣，柔軟的胸部觸感使得腦袋昏沉沉的。

愛爾娜放掉全身的力氣，依偎在緹雅懷裡——

愛爾娜無力地倒在緹雅懷裡，眼神空洞。

確認她變成這幅模樣後，緹雅放下心中一塊大石。

事情進行得很順利。

她平時並不會對同性、年紀小的人，更別說是同伴使用這項技能，不過看來確實發揮作用了。她可以從愛爾娜身上傳來的熱度如此肯定。愛爾娜已完全解除對緹雅的戒心。

看準時機，緹雅放開了愛爾娜。她雖然露出依依不捨的表情，不過被緹雅摸了摸頭後，便紅著臉，乖乖地回去準備午餐了。

緹雅一離開廚房，就見到莫妮卡站在走廊上。她一臉吃驚地靠在牆上。

「妳對愛爾娜做了什麼？」

好像被看到了。對了，她也是負責下廚的人。

緹雅微微搖頭。

「只是一點小特技啦，沒什麼值得自豪的。」

——解讀他人的願望。

這便是緹雅的特技。

對方懷抱著何種慾望、渴望採取何種行動。

儘管無法鉅細靡遺，然而從扭曲的性渴望到深藏不露的野心，她都能夠讀取出來。然後，只要順著讀取到的願望，提供身體或是金錢，便能將大部分的人攻陷。

——交涉專家。

這就是緹雅獲得「紅爐」認可的才能。

「想要的話我可以教妳喔？包括攻陷男人的技術在內，我可以一步一步地親自傳授。」

「在下一點興趣也沒有。」

「妳不用擔心啦。我可是傳授葛蕾特色誘技巧的師父，不會藏私的！」

「原來那個慘不忍睹的性騷擾的元凶是妳啊。」

「不許妳說慘不忍睹！她本人可是很努力耶！」

莫妮卡發出冷笑。

「不需要啦，因為那個特技感覺很難使用的樣子。再說要是對任何人都有效，妳早就贏過克勞斯先生了。」

「妳的反應真是快到好討人厭……」

沒錯，就如同莫妮卡察覺到的，緹雅的特技有著附帶條件。

——和對方互相凝視三秒。

如果是對自己心懷不軌的男性，這個條件很容易就能達成。但是，面對警戒心強的克勞斯，這個條件從來不曾達成過。在與敵人交戰的狀態下，更是完全派不上用場。

可是，條件一旦達成，威力就強大無比。

即便是態度始終傲慢的莫妮卡也——

「妳那是什麼眼神？」

莫妮卡露出淺笑。

她似乎是感應到緹雅的意圖了，臉上的神情變得好戰。

「妳想拿在下做試驗？好啊，妳就試著讓在下順服吧。」

「……我才不會那麼做哩。我不會未經本人許可，對同伴使用這個特技。」

這是她對自己設下的禁令。

就算隨意讀取他人的心思，也不會有好事發生。

「莫妮卡，如果妳不打算協助我們，那就算了。我也要自由行動，妳別扯後腿就好。」

「是嗎？真無趣啊。」

莫妮卡雙手往上一攤。那是嘲弄的手勢。

「妳要是看在下不順眼，大可憑蠻力使在下屈服啊。」

「妳在說什麼啊……？」

她可能是在開玩笑，或是在挑釁吧。

可是，莫妮卡眼中透露出的情感卻兩者皆非。是憐憫。她像是看著打從內心覺得無趣的東西一般，投以輕蔑的目光。

「……這個團隊的成員，真的都是些好孩子耶。」

「啥？」

「其中症狀最嚴重的大概就是妳了。墮落到和人串通的大小姐——真是令人反胃。」

莫妮卡嘆了口氣。

「不過，所有人都一樣天真。這個團隊徹底缺乏冷酷——間諜所不可或缺的嚴厲。在下實在很擔心，將來這個團隊是否有能力對抗狠毒的敵人。」

不客氣地說完之後，她便消失在走廊上。

離去之際，緹雅看見她手裡拿著扳手。她大概正在進行什麼施工吧。

「算了，妳就像個好孩子，去當小鬼們的守護神吧。」

等到她走遠了看不見人影，唯有如此羞辱的說話聲傳來。

「……她到底想說什麼啊。」

單方面地遭到痛罵。而且理由還曖昧不清。

儘管心中布滿鬱悶的情緒，但是緹雅沒有時間搭理她。依她那種個性，與其勉強拜託她幫忙，讓她自己主動採取行動應該比較好。

緹雅現在有其他必須優先處理的事項。

還有其他想確實獲得協助的同伴。

「燈火」的少女們個個擁有不輸人的特技。

本來是用來打倒基德的必殺技。連對國內的間諜無所不知的男人也看不透，吊車尾的秒殺技。

百合的毒藥、葛蕾特的變裝、席薇亞的竊盜、緹雅的交涉——

與出身、體質等本人的資質結合，任誰都無法模仿的固有技能。

然後，團隊中唯有三人，擁有超越其他少女的強烈特技。

她們既不擅長格鬥，智謀也不高；而且精神層面不夠成熟，無法讓她們單獨行動。但是，她們卻能藉著具有破壞性的能力支援同伴。

克勞斯將那三人集結成專門從事後勤支援的團隊。

特殊組。

莎拉的調教、愛爾娜的意外、安妮特的——

緹雅相信，安妮特的能力是其中最犯規的。

◇◇◇

安妮特不在自己的房間，而是在盥洗室裡。原以為她在上廁所，卻見到她蹲在洗臉台底下，雙手還握著螺絲起子。

緹雅一走近，安妮特立刻猛地回頭，把臉轉向她。

「啊！這不是緹雅大姊嗎？」

「……妳在做什麼？」

「本小姐在修理壞掉的水龍頭！」

如此說明的安妮特，腳邊散落著好幾樣大型零件。就修理自來水管來說，那些工具實在有些誇張。

然而更令人在意的是——

「水龍頭增加成三個了？」

熟悉的洗臉台的水龍頭增加成了三個。

一模一樣的水龍頭以完全相等的角度並排。憑緹雅的觀察力，她完全無法判斷哪個才是本來就有的水龍頭。

「形狀、汙損程度和損傷情況完全相同的水龍頭。正確答案只有一個，一旦轉到錯的就會發生大爆炸！」

「……妳真的是天才耶。」

緹雅忍不住嘆息。

這就是安妮特的特技——工藝。

好奇心旺盛的她，非常擅長操弄機械。從製作間諜的用具到進行水電施工，範圍甚至遍及利用塗裝加以隱蔽。

她有一個很大的強項。

——安妮特的發明超越了共和國的技術水準。

讓人只能猜想，她是在別國，或是某個受到隱匿的機關學會那些知識。

雖然連她本人也不記得自己的出生地，卻唯獨沒有忘記已經學會的科學技術。也因為如此，她才會被挖角到間諜培育機關。

（若是她能讓這份技術在間諜活動中派上用場……！）

然而有一點令人著急。

那就是，她只會將那份技能用在惡作劇或古怪的發明上。只有偶爾心血來潮時，才會做出高品質的用具。

（不，就由我來引導她吧。）

再次下定決心，緹雅開口說道。

「安妮特，我問妳。」

「什麼事？」

「妳想要稍微袒露內心，和我拉近關係嗎？」

「…………………………」

安妮特依舊在臉上掛著笑容，僵在原地。

好比不再運轉的機械，表情動也不動。

無法解讀她那玻璃球般的眼眸，究竟對焦在何處。

「是！本小姐要和大姊拉近關係！」

沉默一會兒後，安妮特同意了。

緹雅吐了口氣。總算跨越最初的關卡了。

「這樣啊。那麼，妳可以看著我的眼睛嗎？」

她將雙手伸向安妮特的臉頰，捧著她的臉。對方好像覺得有點癢，但是緹雅用了點力將她固定。

不久，緹雅的視線和安妮特的視線交會。

「——保持這個姿勢不要動。」

在約莫三十公分的距離下，兩人彼此相對。

安妮特的一隻眼睛戴著眼罩。但是，應該沒問題吧。緹雅不管那麼多，繼續執行。

緹雅緊抿雙唇。

這時，她感覺到身體發冷。那是人生至今從未體驗過的感覺。

（……身體在害怕？害怕讀取安妮特的心？）

心臟高聲跳動的生理反應與恐懼相似。

不知道是什麼原因。

可是，本能對於接近安妮特這件事發出了警告。

（不，現在不是害怕的時候……我得面對同伴，正面衝突。）

幫助她甩開內心脆弱的，是她所崇拜的英雄人物。

（——因為這是接近「紅爐」小姐的唯一途徑。）

三秒鐘，緹雅窺視著安妮特的雙眸——

「……………………………………………………咦？」

結果得到了令她錯愕的結果。

「怎麼了？」

安妮特對她展露純真的笑容。

「妳看見本小姐的心了嗎？」

緹雅困惑不已，讀取到的願望大大超乎她的預期。可是，以前讀取到的東西一向都在她的意料之內。

（居然會有這種事……？）

她不禁愕然。

（這就是控制安妮特的交涉材料……？）

她花了一點時間才開口回應。

「那、那個……」緹雅嚥了嚥口水，然後說道。

「是？」

「最近我一直在想……」

雖然無法理解，還是只能試著說出口。

「……妳是不是長高了？」

宛如花苞綻放一般，安妮特的表情瞬間亮了起來。

「不愧是緹雅大姊！妳看得出來嗎？」

安妮特蹦蹦跳跳地撲上前，摟住緹雅的脖子。

「完全正確！本小姐從上個月開始，已經長高零點三公分了！從去年到現在，則是長高了兩公分！本小姐正不停地長大！這都是改變睡姿的成果！」

原來倒掛是有意義的啊。

安妮特又蹦又跳的，還一邊用力拍打緹雅的背。那副開心的模樣，就像個純真的孩子。

「…………」

可是，緹雅的心情好複雜。

——想要長得更高。

這是她從安妮特身上讀取到的願望。

明明得知了她的心意，卻感覺離理解她更加遙遠了。看不見代表她這個人的核心部分，有種看見五歲孩童的心靈的感覺。

——安妮特的心空蕩蕩的。

緹雅姑且告訴她「只要通過測驗，我就做牛奶布丁給妳吃」，結果安妮特興奮地說「本小姐要長得更高大！」，爽快地就答應幫忙。

儘管經歷一番波折，緹雅還是成功和兩名同伴團結起來了。

她在自己房內發號施令。

「好了！各位！我們一定要通過測驗！」

緹雅威風凜凜地宣示，而回應她的是精神飽滿的聲音。

「呢！」「本小姐也是！」

愛爾娜和安妮特並肩而立，將右手高舉向天花板。

緹雅不禁眼頭發熱。

「緹雅姊姊，妳怎麼了……？」

徹底對她放下戒心的愛爾娜問道。

「沒什麼，我只是覺得這條路走來真是漫長啊……」

「「？」」

安妮特和愛爾娜同時歪頭。

不知為何，緹雅感覺自己已經累到像是挑戰過測驗了。

「總之……我剛才得到了一個很有價值的情報。百合的房間，好像是以前『火焰』的老大用過的房間。我打算利用這一點，把老師叫出來。安妮特，妳去百合的房間設陷阱。然後，我希望愛爾娜妳小心地避開陷阱，去觸碰老師的手。」

說完計畫的內容，緹雅大力鼓掌。

「好了！我們走吧！展現我們實力的時刻到了！」

讓安妮特和愛爾娜前往百合的房間後，緹雅開始尋找克勞斯。他似乎人在浴室裡。大概是正準備淋浴吧，浴室裡傳來聲響。

要是他已經在淋浴了，就得等他出來才行。

一邊擔心會浪費時間，緹雅衝向浴室。

心想「如果他正在換衣服，就嚇他一跳吧」，她猛然打開浴室的門——

「好了，結束。」

結果在脫衣間裡，見到和克勞斯互相觸碰的莫妮卡。

「啪！」的清脆聲音響起。

「咦…………？」

緹雅張大嘴巴，愣在原地。

莫妮卡用脫衣間的洗臉台洗手，輕笑一聲。

「辛苦了。那我去吃午飯了。」

「等、等等！怎、怎麼會？」

緹雅急忙抓住莫妮卡的手臂，高聲質問。

「老師也是，你為什麼這麼輕易就讓她碰你的手啊！」

她完全無法理解眼前的狀況。

莫妮卡已經達成緹雅三人正準備挑戰的難題。

而且還不費吹灰之力。

「嗯？」克勞斯露出不解的表情。「妳們沒有合作嗎？」

「並、並沒有。是莫妮卡她擅自……」

「原來如此，我明白了。」

克勞斯一副感觸良深地點頭，然而緹雅還是一頭霧水。

「為什麼莫妮卡能夠通過測驗啊……？」

「日常生活中，一定會有手沒有防備的時候。而莫妮卡沒有遺漏這一點。」

克勞斯神情遺憾地說。

「那就是洗手的瞬間。」

聽了他的話，緹雅還是不明白。

她唯一理解的，就是莫妮卡達成了反擊克勞斯的偉業。

「其實沒什麼大不了的啦。」

莫妮卡用手帕擦手一邊說。

「不需要構思什麼大計畫，摸手這種事情，只要妨礙洗手就足以辦到了。真正讓在下傻眼的，是妳居然錯過了大好機會。」

「什、什麼意思啊……」

「克勞斯先生不是用手摸過動物嗎？摸完動物後，人一定都會洗手。」

「啊……」

「在下不是也有給妳提示？就是陽炎宮內的自來水管的位置。」

莫妮卡得意洋洋地說。

這句話，讓先前所見所聞的記憶甦醒過來。

「在下事先破壞了庭院裡的自來水管，然後讓愛爾娜待在廚房裡，讓安妮特前往盥洗室。這麼一來，因為老師不會接近女生使用的大浴場，所以老師可以洗手的地方就只剩下浴室的洗臉台了，不是嗎？於是，在下便在這裡等他上門。」

所見所聞的記憶，隨著莫妮卡的話一一重現。

緹雅走在庭院裡時，莫妮卡不知為何手裡拿著扳手；愛爾娜被獨自留在廚房做飯；盥洗室的自來水管不知道為什麼壞了，所以安妮特正在修理。

能夠洗手的地方受到限制。

克勞斯大概是好不容易才找到可以洗手的地方吧，他用肥皂仔細地清潔雙手。這是非常合理的行為，因為他剛才徒手觸摸過老鼠。

「我不是告訴過妳嗎？說我必須在中午之前把寵物交給業者。因為我沒時間拖拖拉拉，只好放棄並把手伸出去了。」

不是不用手把少女趕走，就是放棄，克勞斯只能從中擇一。

趕時間的他似乎選擇了後者。

莫妮卡動作親暱地拍拍緹雅的肩膀。

「謝啦，妳們幾個真是好誘餌。」

「誘、誘餌……」

「在下故意擺在百合房裡的紙條，那個對妳起了很大的激勵作用對吧？有妳幫忙照顧兩個小鬼，真是幫了在下一個大忙呢。」

她大概在籠舍偷聽到了緹雅和克勞斯的對話吧。於是，她利用緹雅等人，自己構思出打敗克勞斯的計畫。

「妳、妳真是的！既然想出了那種計畫，怎麼不一開始就說嘛！」

被莫妮卡玩弄於股掌的事實，令緹雅腦袋發熱。

「啥？照理說，妳應該要向在下道謝吧？不，應該要先道歉才對。關於妳對在下說『拜託妳不要扯後腿』一事，請問妳有什麼想法？」

「〰〰〰！」

緹雅發出不成調的哀號。

好想大喊「這太奇怪了吧」。可是不管怎麼想，莫妮卡都是對的，所以無論如何都說不出口。不行，除了表達自己有多不甘心，沒別的話可說了。

正當她拚命找話反駁時——

「——好極了。」

克勞斯以心滿意足的口吻這麼說。

「嗯，妳們這樣就好。」

還一邊啪啪啪地鼓掌。他似乎相當滿意這樣的結果。

緹雅滿腹不解。

「這樣就好？可是我們離合作還差得遠耶……」

「我本來就一點都不期待妳們能夠團結合作。」

「好過分……雖然這麼想是很合理啦！」

「就團結合作這份能力來說，不在這裡的四人要遠比妳們來得優秀。」

這是毋庸置疑的事實。百合她們四人一定可以和樂融融地互相鼓勵，齊心協力完成任務。好羨慕，真想加入她們。

「愈是優秀的間諜，自我意識就愈強。我跟緹雅說過，同伴之間的分歧才是團隊的關鍵。我期待在妳們身上看到的，是在展現自我、彼此衝突下的合作。」

「分歧……」

「拉攏同伴，以達成任務為目標的緹雅。視合作為無用之物加以切割，企圖有效率地利用同伴的莫妮卡。妳們兩人都很優秀，真是——好極了。」

克勞斯點頭。

「妳們就這樣一邊對立一邊前進，去挑戰『屍』吧。」

緹雅的口中吐出氣息。

無論如何，好像可以參加任務了。

莫妮卡一副很了不起地對她說。

「能夠沾在下的光參加任務，真是太好了呢。」

「妳實在是……」

完全是高高在上的態度。說的一副都是多虧有她才成功的。但由於這話未必是錯的，緹雅只好咬牙忍耐。

「緹雅大姊！」

這時，安妮特從走廊探出頭來。

「本小姐二人從剛才就一直在等克勞斯大哥來！還沒好嗎？」

都忘得一乾二淨了。

忘了安妮特和愛爾娜還在待命。

「抱歉喔，莫妮卡已經完成測驗了。」

「唔唔！本小姐覺得遺憾！」

安妮特露出看起來一點都不遺憾的笑容。

「虧本小姐還設下了從兩個門把之中轉到錯的那一個，就會引起大爆炸的陷阱！」

「妳真的很喜歡爆炸耶……」

那樣實在太危險了，希望她可以儘快解除。

況且那是百合的房間。要是從前「紅爐」使用過的房間發生什麼意外，緹雅也會非常心痛。

「不好意思，可以麻煩妳立刻解除嗎？」

「本小姐要求先吃牛奶布丁！」

「妳、妳還真固執……不過，還是應該以解除為優先。不然要是不慎引爆了怎麼辦？」

「本小姐有異議！引爆這種事情，只會發生在運氣超差的人身上！」

雖然問題不在那裡，不過安妮特的主張倒也有理。

她的技術十分完美，從來不曾發生過失誤，況且門把突然增加為兩個，應該任誰都會覺得可疑才對。即使真的碰了，也有二分之一的機率可以避開爆炸。

但話雖如此，為求謹慎，還是應該解除才對——

「——嗯？愛爾娜人呢？」

克勞斯提出疑問。

隨後，撼動整棟屋子的震動傳來。

「「「…………………」」」

劇烈的爆炸聲響起，黑煙從走廊盡頭竄出。

緹雅急忙打開窗戶，然後把頭探出窗外，確認情況。所幸似乎沒有引起火災。

煙霧漸漸散去，等到完成通風之後，所有人前去確認慘狀。

發生爆炸的是百合的房間。全身黑漆漆滿是髒汙的愛爾娜，倒在被炸飛的房門前。

「……不幸。」

看來她姑且還活著。

似乎憑著天生的瞬間爆發力，勉強存活下來。

「……愛爾娜從廁所回來後，發現門把增加了呢。」

她好像轉動了門把。而且還轉到錯的那個。

「順帶一提……廁所的自來水管不知為何也爆炸了呢……」

她似乎接連掉入了陷阱。

往房內窺視，百合的寢室變得淒慘無比。窗戶就不用說了，連外牆也崩毀，可以從二樓清楚看見外面的風景。床和衣櫥掉落在庭院裡。她收藏至今、裝有毒物的瓶子全數粉碎，散落一地。

「呃，這下怎麼辦啊……」

只能無言以對。她的私人物品被徹底炸毀了。

「依在下的判斷——」

莫妮卡交抱雙臂。

「應該是明明有不幸體質，還隨意觸碰的愛爾娜不對吧？」

「分明是埋下數量誇張的炸藥的安妮特不對！」

「本小姐只是聽從緹雅大姊的指示行事！」

「咦、咦咦？」

見到大家突然開始推卸責任，緹雅也連忙否定。

「我認為要是莫妮卡一開始就答應合作，就不會發生這種事了！」

「這件事怎麼可能會是在下的錯！」莫妮卡怒吼。

「妳別抵賴了。妳自己看看，看看老師那副悲傷的眼神！」

「見到懷念的女性的房間被炸掉，他的表情是如此絕望！」

緹雅指著無言的克勞斯說。

「…………………」

克勞斯以平靜的表情佇立著。

「放心吧。」

他喃喃地說。

「……我有勉強忍住不哭。」

「你是不是受到了前所未有的傷害？」

那是平常的克勞斯絕對不會說出口的話。

然後，同樣為了意想不到的悲劇感到心痛的，還有緹雅。

（「紅爐」小姐的房間……）

她原本打算拜託百合和自己換房間，結果房間卻炸毀了。

「……我還是補充一點好了。」

克勞斯說道。

「我不會要求妳們和睦相處……但是，麻煩妳們彼此合作一點。」

那是無精打采，彷彿從心中悄然滑落的語氣。

間章　下落①

the room is a specialized institution of mission impossible
code name bouga

「——事情就是這樣。」

克勞斯說完了。

他說出選拔成員在他眼中的樣子，為對抗「屍」所進行的訓練情況，以及百合的房間被炸掉的原由。

「「「…………」」」

四人聽完之後，似乎不知該作何評論。

「怎麼說呢，好驚人的成員。」席薇亞搔了搔頭。「該說是特立獨行嗎……」

「大家真有個性呢。」莎拉也點頭附和。「感覺要把所有人統合起來好辛苦……」

「我也沒好過到哪裡去啊。」

克勞斯雙手抱胸，嘆了口氣。

統合同伴的雖然是緹雅，但是因為她經常精神崩潰，需要別人照顧，害得克勞斯有好多事情得去操心。

「不過，她們每個人的能力都很強，所以任務本身最後是順利達成了。」

「如果真的很優秀，我的房間就不會被炸掉了！」

百合一陣嚷嚷之後，清了清喉嚨。

「這件事情之後再追究責任……總之，現在還是不曉得她們為什麼不聯絡。」

其他少女也點頭。

沒錯，即使整理了事情的經過，還是找不到失蹤的線索。

——她們為什麼還沒返回陽炎宮？

——她們為什麼不和克勞斯聯絡？

眼前有好多未解的謎團。

「去找她們吧。」

克勞斯說道。

「妳們先出發，我完成其他任務後會立刻趕去。」

他從沙發上站起來，準備回房。即使面臨這種狀況，世界還是不肯放過他。身為本國最強的間諜，他有龐大的責任得扛。

「不……」

可是，一名少女制止了他。

「……這或許是分秒必爭的緊急事態，請老大參加搜索。」
是葛蕾特。她以沉靜且極為冷靜的語氣相勸。
克勞斯搖頭。
「我也很想那麼做。可是，這件任務攸關國民的性命，沒辦法拖延。」
「——我來承接任務，請老大去找緹雅小姐她們。」
聲音中滿是堅定與自豪。
可能是獨立完成上一次的任務，讓她對自己有了信心吧。
可是不管怎麼說，還是不能交給葛蕾特一人去辦——
繼她之後，席薇亞和莎拉也站起身。
「我也留下來。反正我的傷已經好了，你就快點趕去同伴身邊吧。」
「小、小妹雖然力量微薄，但我會支援前輩們！」
有了同伴的協助，葛蕾特泛起淺笑。
「放心吧，即使老大不在，我們這群制伏『屍』的徒弟的成員也不會有問題。感應到危險時，我們會撤退的……」
「…………這下我放心了。」
如果是一個月前，克勞斯只會感到不安，不可能將任務交給還不成熟的她們去解決。

可是如今，他卻能夠立即做出這樣的判斷。

「──好極了。我明白了，任務就交給妳們吧。」

並且對她們只有讚賞。

「是……跟我料想的一樣。」葛蕾特露出自豪的微笑。

「啊，呃，我……」

對於同伴的決定，百合感到不知所措，不知該說些什麼。

「百合，妳跟我來。」克勞斯對她說。「妳跟我一起去追查同伴的下落。」

「是！」

總是替同伴著想的她，應該很想立刻趕到她們身邊吧。

既然如此，與其把她留下來，不如帶她去比較好。

「這是緊急任務。我們要找出同伴，活著回來。」

此話一出，克勞斯和百合便啟程離開陽炎宮。

2章 重逢

the room is a specialized institution of mission impossible
code name bouga

——克勞斯等人展開搜索的四天前。

緹雅穿著泳裝，躺在摺疊躺椅上。她以一襲布料少到危險的黑色泳衣裝扮，舒服自在地躺著。

太陽西沉，紫色的燈光照亮了戶外泳池。可是，那個燈光卻非常微弱，即使和一旁聳立的飯店光線合在一起依舊昏暗。水中似乎也有燈光，只見泳池的表面閃爍著紅紫色光芒，瀰漫著一股煽情的氣氛。

迪恩共和國內位於南端的娛樂城。

據說古時候附近的山脈出產金礦，許多勞工離鄉背井來此工作，因此鐵路系統相當發達。金礦採掘完畢之後，為避免這裡化為無人居住的鬼城，政府於是投入預算成立了觀光設施，如今此地已成為國家的代表性觀光勝地。儘管在法律上未受到認可，到處依舊是賭場林立，而富豪們今晚想必也正在賭桌上豪擲千金。

即使世界大戰來臨，這座城市依然燈光熠熠，沒有蒙受重大損害。

緹雅此時，便是在這座城市的高級飯店的附設泳池旁放鬆休憩。

（畢竟姑且達成任務了嘛，當然得好好奢侈一下。）

——「屍」的暗殺任務已經達成。

少女們在克勞斯的指示下，前往刺客潛伏的城市，順利將其捕獲。後來，她們又去查明「屍」的蹤跡及調查同夥等的情報，然後才來到這裡。

（不過坦白說，有九成以上都是老師完成的……）

少女們的工作量只有一點點。就只有幫忙清場，以免國民被捲入雙方的戰鬥中。她們確實對於找出潛藏的刺客有所貢獻，至於逮捕則是由克勞斯親自執行。

（而且，我們四人到頭來還是完全沒有通力合作……）

少女們雖然各自完成了職責，卻直到最後依舊是一盤散沙。

基本上就是由克勞斯逐一下達指令，她們再設法達成。

像是要將難堪的記憶從腦中甩開似的，正當緹雅坐起身時，身旁出現一個人影。

「我問妳，這裡是怎麼回事？」

是莫妮卡。她身上雖然姑且穿著泳裝，外面卻又披了一件外套。她以顯然相當不悅的神情，瞪著泳池。

「為什麼外面會有暖氣？明明是晚上卻開放泳池？還有，這個低俗的燈光是怎麼搞的？」

「高級飯店都是這樣的啦。妳是第一次來嗎？」

「誰平常沒事會來這種地方啊。」

「呵呵，畢竟我們達成任務了嘛，當然得好好犒賞一下自己嘍。」

「妳對自己也太好了。」

儘管莫妮卡嚴詞批評，但是間諜的成功報酬相當豐厚，要如何使用是個人的自由。

（真是的……我和莫妮卡老是在鬥嘴。）

即使白眼看著她，莫妮卡也完全無視自己。

她坐在摺疊躺椅上，開始讀書。出乎意料地竟然是愛情小說。可是，大概是因為光線不足吧，她皺起了眉頭。

「真受不了……要不是克勞斯先生下令，在下就自己行動了。」

「妳要那樣，我是無所謂喔。」

當然，莫妮卡和緹雅的交情並沒有好到可以和樂融融地一起休假。

她們會住在同間飯店是有原因的。

「——那麼，誰要來照顧那兩個孩子？」

緹雅再度望向泳池。

「這是本小姐特製的特殊水槍！」

「呢？」

在那裡的，是抱著巨大水槍的安妮特，和拚命逃竄的愛爾娜。

兩名可愛的少女在泳池嬉戲——就眼前的景象來說，這樣的形容是過於溫和了。

「填充能量！」安妮特一轉動安裝在水槍上的把手，水槍便將泳池的水吸起來，然後隨著「本小姐要發射了！」這句話響起，一大團水發出「啪鏗！」的可怕聲響，噴向愛爾娜的臉。

「……要不要緊啊？那樣愛爾娜不會溺水嗎？」

「妳要是擔心，就過去救她啊。」

「妳覺得我要是去救她，到時會發生什麼事？」

「那個小鬼的目標恐怕會變成妳吧。」

「……還是算了。」

「在下也有同感。」

兩人的意見難得一致。

雖然對愛爾娜很不好意思，不過就讓她陪安妮特玩吧。

克勞斯下達指示，要她們所有人入住同一間飯店。愛爾娜和安妮特需要有人看顧她們，若是扔下她們不管，兩人說不定會惹麻煩。

視線前方，愛爾娜一邊呻吟著「不幸……」，一邊被水槍的水擊中。

「在下猜想妳應該也注意到了。」莫妮卡說道。「安妮特的技術超越了本國的水準，對吧？」

「嗯，恐怕是如此。」

「她到底是打哪來的啊……」

出身不明、喪失記憶的少女——

莫妮卡似乎並沒有想要聽緹雅的回答。她再次將目光落在書本上，繼續閱讀。

「……我說妳啊，都難得來到這裡了，怎麼不下水游泳呢？不要老是讀書啦。」

「妳的那句話，否定了在旅程中閱讀的樂趣。小心和世上所有愛書者為敵喔？」

「可是我們三天後的晚上就得回去了……吶，等愛爾娜她們睡著了，我們一起去賭場吧。妳不覺得只要我們聯手就無敵了嗎？」

「在下一人就已經無敵了。」

莫妮卡的態度依舊冷淡。

即使已經達成任務，她還是沒有想要和睦相處的意思。

「妳很冷淡耶！虧我都主動釋出善意了！」

「就是妳那種『我已經讓步了』的感覺讓人不爽。」

「！看樣子，我果然得和妳做個了斷才行。不如我們就來決鬥吧！」

「喂～安妮特，也用水槍打這個臭賤貨。」

「這招太卑鄙了！」

感應到危機逼近，緹雅高聲呼喊——

「——！」

就在這時，女性的聲音傳來，那人好像在呼喚著誰。這裡是高級飯店，除了少女們外似乎還有許多住宿旅客。

「呀？」

安妮特的尖叫聲響起。

緹雅一抬頭，就見到一名女性正撲向安妮特。她穿著衣服跳入泳池，從正面抱住安妮特。

緹雅立即採取行動。此事非同小可。

她急忙逼近女性，站在泳池畔俯視著她。

「妳是誰……？」

投以凌厲的目光。

那是一名個子嬌小，有著水汪汪大眼的女性。年齡大約三十五歲左右。毛躁的長髮和蒼白膚色，給人不太健康的感覺。灰色的罩衫被水沾濕貼在身上，讓她整個人顯得更加窮酸。

「那、那個……」

女性緊抱著安妮特開口。

「……我是這孩子的母親。」

這句完全出乎意料的話，令在場所有人無不目瞪口呆。

那是只能以奇蹟形容的重逢。連克勞斯也意想不到的坎坷命運。

然後，這同時也是崩壞的開始。

不待正趕赴此地的克勞斯，團隊已開始瓦解——

克勞斯和百合坐在火車的包廂內。

兩人已掌握住失蹤少女們所造訪的觀光地點。那是位於迪恩共和國南端的娛樂城，是免於遭受戰爭侵害，如今仍不斷興建飯店的地方。眾多違法的地下賭場橫行，還存在著掌控那些賭場的幫派。

儘管當地火藥味十足，但只要正常玩樂就不會有危險。也有許多外國觀光客來此造訪。

火車在某個車站停靠時，克勞斯下了車，到小攤商買了香菸和報紙。他回到座位上後，百合一臉意外地問道。

「老師，原來你會抽菸啊？」

「不，我和上頭照會過這件事，這個車站是收受情報的場所。」

克勞斯一撕破包裝，就見到裡面藏了一份報告書。他瀏覽過後，將報告書遞給百合。

「妳也看一下。裡面寫了接下來我們要造訪的城市的情勢。」

「我知道了……呃，老師，這上面寫的是玉米湯的食譜耶……」

「那是暗號文。沒辦法，我唸給妳聽好了。」

克勞斯背誦出他已經記在腦中的文章。

「——五天前，當地發生了間諜之間的抗爭。那是萊拉特王國和加爾迦多帝國引起的紛爭，與我國沒有直接關聯。據推測，這件事和正在海外視察的萊拉特王國的政治家有關。」

「那位政治家是不是宣稱自己到海外視察，實際上卻在娛樂城玩啊？」百合說。

「帝國大概是想趁這個機會下手吧。」克勞斯回答。

「——察覺到抗爭的當地警方向陸軍通報。為了逮捕潛藏在我國的間諜，陸軍以戒嚴態勢封鎖了那一帶。最後雖然發現了萊拉特王國的間諜遺體，但帝國的間諜依然在逃，行蹤不明。」

克勞斯說完，百合瞪大雙眼。

「也就是說，緹雅她們身在一觸即發的危險場所嗎？」

「事情就是這樣。真是太大意了。」

克勞斯輕嘆口氣，將礦泉水淋在報告書上。

報告書融化在水中，轉眼便消失不見。

「陸軍好像故意延遲通報。他們可能想要邀功吧。」

結果使得間諜之間的抗爭沒能傳入克勞斯耳裡。

假使事前知情，他就會指示少女們去別的觀光地點了。

百合一副無法理解地歪頭。

「呃，我有一個疑問……」

「什麼疑問？」

「為什麼軍方和對外情報室會感情不睦啊？大家不都是同一個國家的夥伴嗎？而且之前病毒武器之所以會外流，好像也是陸軍暗中製造的關係……」

她先前待的培育機關，似乎並未說明那些錯縱複雜的事情。

反正在火車抵達目的地之前也無事可做，不如就解釋一下好了。

「那是成立過程所造成的。在世界大戰爆發以前，說起諜報機關，就是陸軍情報部和海軍情報部兩者。就特性上而言，陸軍傾向於收集潛藏於我國的敵方間諜的情報，海軍則是收集外國的情報，然而他們雙方卻經常互相隱匿情報，以諜報機關來說是很低等的存在。」

「結果現在還是一樣……」

「所以，後來才會新成立承辦兩個情報部的業務的諜報機關，也就是對外情報室。」

百合「喔！」了一聲，開心地附和。

「聽起來好帥氣喔，感覺像是合體了一樣。」

「沒錯，對外情報室內集結了兩個諜報機關的優秀人才。」

「哼哼～」

「換句話說，就是一群萬中選一的菁英。所以，我們才會被軍人討厭。」

「咦……」百合的表情變得僵硬。「就只是因為這樣？」

「就只是因為這樣。」

「又、又不是小孩子……」

「我再補充一點，軍方和我們的規模完全不同。和人數多達幾十萬的軍人相比，對外情報室的組成人員頂多只有數千人。陸軍和海軍提交出來的龐大情報，由對外情報室負責暗中調查。因此，也不能說對外情報室沒有把軍人當成僕人使喚。」

若是仔細地比較，薪水也是對外情報室比較高。只要是健康的成人任誰都能成為的軍人，和經由挖角被選拔出來的間諜，兩者無論如何都會有所差別。這也是形成對立的一項原因。

「可是，他們那樣根本就是把人家的好心當作歹意嘛！唔唔！真是愈想愈火大！」

百合的身體漸漸發起抖來。

最後她大概是忍不住了，於是高舉拳頭。

「大大地宣傳我們的成果吧！告訴所有人，間諜才是將陸軍外流的生化武器找回來的厲害好痛啊啊！」

「不要隨便把國家的機密情報說出來。」

克勞斯用鞋子踢了百合的小腿，要她別再胡說八道。

假使這個國家開發病毒武器一事傳了出去，有可能會在國際社會上遭受責難。到頭來，陸軍裡面也只有一小部分的人知道這場騷動。

「我就姑且替他們說句話吧，要討厭陸軍是可以，但是最好別小看他們。」

「啊，可以討厭他們啊……」

「因為陸軍的人力資源和組織力遠優於我們。」

他們的真正價值在於物量。

能夠憑藉人力資源，實現再優秀的間諜也做不到的事情。

「就像這次一樣，只有軍人才有辦法封鎖整座城市。遭到包圍的間諜現在應該已經快走投無路了，說不定還會自暴自棄然後失控。」

「失控？」

「被逼急了的間諜，偶爾會孤注一擲展開殺戮。」

百合聽了臉色發白。

克勞斯點頭。憑著龐大物量蠻幹的陸軍非常優秀就是這個意思。

「現在也只能祈禱了。祈禱她們不會在那裡被捲入是非。」

火車開動，加快速度。

從車窗眺望外面的風景。自車站出發後，沒多久便見到一片汪洋。而在蜿蜒的海岸盡頭的，是林立的飯店群。

「只不過……坦白說，現在實在不是出手解決這種國內事件的時候。」

倘若同伴受到牽連就另當別論。然而，克勞斯心中存有積怨。

他心中掛念的是——來歷不明的帝國組織「蛇」。

好想儘快展開搜查。撇除個人因素不談，這對迪恩共和國來說也是重要事項。

非得給引起這種糾紛的幕後黑手一個教訓不可。

來到陽台，從海上吹來的陣陣風兒撫過發熱的身體。

薄紗睡衣的衣襬搖曳。

緹雅啜飲著透過客房服務叫來的冰紅茶。順口的大吉嶺茶不僅降低了體溫，也讓心情平靜下來。

眼前是一大片夜景。飯店群閃爍的燈光宛如一個巨大的生物。如此奢華的景致，在迪恩共和國內恐怕只有這裡才欣賞得到吧。

陽台上，莫妮卡將黑光燈手電筒擺在一邊，正在讀書。她的身旁堆疊了超過十本的書，她好像打算利用這次假期，一口氣趕上閱讀進度。那些全是愛情小說，描述年輕男女相遇後墜入愛河的常見故事。

「在下只是出於對知識的好奇心，並非關心男女之間的情愛。」

緹雅還沒開口，莫妮卡就先這麼解釋。

「什麼嘛，我又什麼都沒說。」

「妳的眼神就是那個意思。」

「好吧，我承認我的確是有那麼想。」

「話說回來——」莫妮卡依舊盯著書本。「拜託妳不要穿著薄紗睡衣到陽台來。」

「哎呀，又沒有人會看見。」

「在下難道不是人嗎？」

「呵呵，我就算裸體也無所謂喔。」

「……在下真的很討厭妳這個人。」

以一句「我開玩笑的」敷衍過去，緹雅坐在莫妮卡旁邊的椅子上。

莫妮卡一臉厭煩地闔上書本。

「怎麼？妳是來找在下商量瑪蒂達小姐的事情嗎？」

「……愛爾娜和安妮特已經睡了。我想聽聽妳的真心話。」

「不理她就好了啊，反正安妮特什麼也不記得。」

莫妮卡用充滿責難的目光注視著緹雅。

「然而——為什麼妳要答應她那種事情？」

她果然是反對的。

反對緹雅與安妮特的母親做出的約定——

那名女性自稱名叫瑪蒂達。

她是鄰國萊拉特王國的技術人員。根據名片上的頭銜，她是重機械製造商的員工。那是緹雅也聽過的大型企業，成立的歷史不長，製造出的品質優良的產業機械卻行銷全世界。而且售後服務也做得非常周到，只要機械發生故障，便會從本國派遣技術人員前去維修。

瑪蒂達也是其中一人。聽說是飯店的噴水系統壞了，於是她才趕來修理。看樣子，她好像造訪過迪恩共和國好幾次。

「四年前，我和這孩子一同造訪共和國，卻不幸被捲入鐵路事故中。當時，我被送到醫院救治，卻唯獨找不到這孩子，她從此下落不明……」

緹雅四人在泳池畔的桌旁聽她道來。瑪蒂達連安妮特的頸後有痣都知道。說起來，她們兩人的長相確實有幾分相似。她應該就是安妮特的母親沒錯。

這似乎是一場奇蹟般的重逢，然而緹雅的心情卻很複雜。

「我沒想到這孩子居然還活著。她真正的名字是——」

瑪蒂達說出一個緹雅沒聽過的名字。那似乎正是安妮特的本名。

但是安妮特本人卻偏著腦袋。

「那是誰？本小姐沒聽過那個名字。」

「咦……？」

瑪蒂達瞪大雙眼，感覺受到了打擊。

「安妮特……」緹雅說。「妳和愛爾娜去旁邊玩。」

「本小姐知道了！」

安妮特用手臂環住愛爾娜的脖子，笑瞇瞇地說：「愛爾娜，我們去玩水槍吧！」然後就把她拉向泳池。和她愉快的表情形成對比，愛爾娜則是以絕望的眼神哀求著「不要，快來人救救愛爾娜……」，但是緹雅儘管感到抱歉仍選擇無視。

等到本人離開後，緹雅這才開口。

「呃，我就簡短地說吧，她失去記憶了。」

然後摻雜著謊言，簡短地說明。

——安妮特因為不明原因，從四年前便失去了記憶。出身不明的女孩被國家收容，並且給了她「安妮特」這個名字。她目前就讀某間全住宿制的宗教學校，而我們幾個是她的朋友，現在正一起享受假期。

她如此謊稱。

「很遺憾，安妮特連自己的母親也不記得。」

「怎麼會……」瑪蒂達用雙手捂住嘴巴。

「我們也不能說一句『喔，是這樣啊』，就把安妮特交給妳。這麼說或許很失禮，不過現在既沒有可以證明妳就是她母親的確切證據，而且也得向學校商量這件事才行。」

瑪蒂達好像終於理解狀況了，她低下頭。

「……也就是說，我的女兒在鐵路事故中喪失了記憶，現在已經有了另一個人生，對吧？」

緹雅不知該如何回應她。

在法律上，假使可以拿出證據證明瑪蒂達和安妮特的血緣關係，那麼迪恩共和國當然必須將安妮特交還給她。可是，那完全是就法律上而言。

應該獲得尊重的，是本人的意願。

「……不，光是能夠活著重逢，我就該感謝老天爺了。」

瑪蒂達忽然面露微笑。

「見到那孩子感覺過得很好，我真的非常慶幸也很開心。」

瑪蒂達一臉沉醉地望著在泳池裡跑來跑去玩耍的安妮特，似乎完全沒注意到一旁淚汪汪的不幸金髮少女。

所幸，她並沒有主張身為母親的權利，硬是要將安妮特帶走。

和以「本小姐」自稱的女兒形成對比，這名女性的態度非常謙虛客氣。

緹雅提出疑問。

「安妮特的個性從以前就很自由奔放嗎？」

「是的。她以前經常偷偷跑到我工作的地方把玩機械。我明明什麼也沒教她，她卻自己慢慢學會操作。當時我還對此感到有些傷腦筋，但如今想起來，卻是一段美好的回憶。」

「原來如此。她是在那裡學會技術的啊……」

總算明白了，安妮特果然是在國外習得那身技術。

「緹雅。」莫妮卡插口。「差不多該回去了，泳池也快要關閉了。」

這是謊言。距離閉館時間應該還有兩小時以上。

可是，莫妮卡卻對緹雅投以嚴厲的目光。她似乎很想快點結束話題。

緹雅向瑪蒂達提議交換聯絡方式。她起初態度躊躇地說：「我住的旅館不是很好……」，但後來還是說了出來。那是和緹雅等人所住的飯店相比，住宿費差了一位數以上的廉價旅社。她大概對此感到很不好意思吧。

「等一下！」

離去之際，瑪蒂達抓住緹雅的手。

「我知道我這樣很任性。但是，明天晚上，我可以和我女兒一起吃飯嗎？」

「咦，明天……？」

「我想要盡可能填補我們分離四年的時間。不行嗎？」

她像是要抱在懷裡似的，握住緹雅的手，讓人感受到「我不會放妳走的」的龐大壓力。

莫非這就是所謂的母愛？

儘管在意一旁瞪著自己的莫妮卡——

「……好吧，我知道了。我會幫妳們訂好餐廳的。」

緹雅也只能點頭。

「太感謝妳了！」

瑪蒂達深深地低頭致謝，還握著緹雅的手不停搖晃。

莫妮卡的咂舌聲傳入耳裡。

◇◇◇

回想起先前發生的事情，緹雅重重嘆了口氣。

「哎呀，那種情況下我哪能拒絕呢？我沒辦法對感人的重逢潑冷水啦。」

「可是對安妮特而言一點都不感人啊。」

「那不然妳說，我該怎麼回答？」
思索片刻後，莫妮卡開口。
「——妳認錯人了。妳要是再繼續糾纏，我就要報警了。」
「這也太狠毒了吧！」
「——這孩子是我生的。她不可能是妳的小孩。」
「哎呀，突如其來的發展。」
「——假裝自己是生母，企圖接近我家當紅童星的粉絲，這種人很常見呢。」
「不要再為安妮特添加奇怪的設定了。」
「不管怎樣，妳都應該拒絕才對。」
停止謎樣的小劇場，莫妮卡聳著肩說。
「對方想把安妮特帶走耶，妳對此難道沒有任何危機感嗎？」
緹雅不由得轉頭望向後方。
安妮特正安穩地睡在床上。她雖然不再倒掛著睡覺，但是睡相依舊很差。她把腳伸到隔壁床上，狠狠地踹了愛爾娜的臉。
「妳要讓她——離開『燈火』嗎？」
「……………………」

緹雅思考過這種可能性。

假使瑪蒂達帶安妮特回國，她就不能再待在「燈火」了。安妮特將離開間諜的世界，在別國過著健全的人生。

「不過嘛，這個選項不值得討論。」

莫妮卡露出耀武揚威的笑容。

「團隊需要她。在下對她可是有不錯的評價喔。」

語畢，莫妮卡從懷裡取出某樣東西。那是造型和汙損程度一模一樣的褐色長夾。

「──完美的複製品。」

她將長夾一甩，裡面掉出三顆小球。

「她看了在下的錢包一眼後，就做出了這個。外觀和既有的錢包如出一轍。不過，她又另外加入了設計，只要輕輕一甩，就會跑出這個橡膠球。這是在鐵球外包覆橡膠的投擲武器。在下可以把它當成普通的錢包，連同這三樣武器自在地隨身攜帶。」

這項技能，恐怕是繼承自身為技術人員的瑪蒂達吧。

不，即使取得了技術，真有辦法做出如此完美的複製品嗎？

「她的記憶力大概很強吧。」

「記憶力很好的失憶者，這話聽起來還真是諷刺。瞬間記憶物品，做出外觀相同的武器──

這是多麼強大的技能啊。」

緹雅對於莫妮卡的意見也有同感。

安妮特是「燈火」不可或缺的存在，不能失去她。

「順便問一下，她本人是怎麼說的？」

「她說『本小姐覺得怎樣都好』。」

緹雅盡可能公平地向安妮特說明情況。

然而她的反應不佳，對母親沒有表示出任何興趣。

在安妮特看來，瑪蒂達是陌生人——她的態度就是如此。

「既然如此，那就沒什麼好說啦。」

莫妮卡拍手。

「打破約定吧。在安妮特起了奇怪的念頭之前，趕快逃跑——」

「——可是，我認為這在安妮特的人生中是個不錯的機會。」

「啥？」

「明天，我要遵守約定，讓瑪蒂達和安妮特再見一面。」

聽了這句話，莫妮卡露出掃興的表情。

以混雜了錯愕和譏諷的目光看著她。

「為什麼？安妮特終究會和母親分開，妳為何還要讓她們產生感情？」

「…………」

「還是說，妳真的打算把安妮特交給對方？」

緹雅回答「不是的」，予以否定。

她知道自己很優柔寡斷。可是，她實在不認為拆散這對母女是正確的決定。

「是因為空蕩蕩的啦。」

「什麼意思？」

「我在窺視安妮特的內心時有這種感覺。什麼都沒有。既沒有當間諜的動機，也沒有留在『燈火』的動機。那孩子就只有快樂和不快樂這兩種選擇。」

那種毛骨悚然的感覺，可能只有見過她內心的緹雅才感受得到吧。

——想要長高。

安妮特的心裡，就只有這種天真無邪的慾望。

「我覺得這實在太不正常了。我們做的可是賭上性命的任務耶？一個沒有記憶也沒有使命感的少女，就只是出於好奇而投身任務。我對安妮特……要怎麼說呢，我希望她能擁有更根本的東西。」

緹雅回想起重新組成團隊和在「火焰」的墓前時，安妮特曾說「本小姐只想和大家在一起！」。那是多麼曖昧又危險的回答啊。

「在下和妳真的是意見不合耶。」

莫妮卡語氣嚴厲地說。

「在下對同伴的事情不感興趣，認為應該優先考量團隊的利益才對。」

站在她的立場，她似乎認為比起個人情感，應該以組織為優先。

緹雅並不覺得那是錯的，反而還很佩服莫妮卡堅守自己的作風。

「當然，我不會要求妳幫忙。妳只要靜觀就好。」

「靜觀啊……」

「如果妳討厭聽來偽善的理由，那我就換個說法吧。倘若安妮特能夠找到成為間諜的積極動機，妳不覺得那樣可以為『燈火』大大地加分嗎？」

現在的安妮特太難以捉摸，根本無法控制。

「…………」

莫妮卡默不作聲。

她從陽台眺望著外面的夜景，過了一會兒才喃喃開口。

「……算了，隨妳高興。只要她的自由奔放能夠收斂一點，在下就沒意見。」

「多謝妳的配合。」

儘管莫妮卡的態度消極，但總算是得到她的認可了。緹雅鬆了口氣。

結果才剛這麼想，就見到莫妮卡豎起兩根手指。

「不過，在下想要提出兩個條件。」

「咦？什麼條件？」

「明天的晚餐，在下也要去。在下得從旁監視，確保妳不會起了奇怪的念頭，把安妮特交給對方。」

「這沒問題。另一個呢？」

「唔，嚴格來說，這應該算是請求而不是條件。」

莫妮卡一臉不耐煩地，用大拇指指著室內的同伴。

「在下不想因為和她們出門而感到丟臉。」

◇◇◇

「好了啦啊啊啊啊！不准逃！這可是在下特地幫妳選的耶！」

「本小姐討厭孩子氣的衣服！」

「少囉嗦！誰管妳喜不喜歡啊！」

莫妮卡強行壓制住企圖逃跑的安妮特。

套房裡，莫妮卡正肆無忌憚地大鬧。她一早讓西服店送來全套禮服後便當場挑選，打算讓安妮特穿上。

那套禮服無疑非常適合安妮特。可是，粉嫩的顏色和綴有許多荷葉邊的設計，似乎並不符合她本人的喜好。安妮特難得做出抵抗的舉動。

「本小姐是成熟的淑女，喜歡穿更帥氣的衣服！」

她如此極力主張，但是莫妮卡毫不留情。莫妮卡將她按倒在床上，剝掉身上她的睡衣，硬是讓她穿上禮服。

見到那幅景象，於心不忍的緹雅開口：

「那個，莫妮卡……妳讓她穿她自己喜歡的衣服就好了嘛……」

「那可不行，她的品味太古怪了。」

莫妮卡斬釘截鐵地拒絕。

「要是安妮特的裝扮慘不忍睹，連身為朋友的咱們也會被小看耶？」

「原、原來是自尊的問題……？」

「啊～真是的！妳的抵抗害在下浪費兩分鐘了。給在下安分一點！」

莫妮卡以猙獰的表情，幫安妮特穿上禮服。安妮特踢動雙腿，叫喊著「本小姐好癢啊」，也不知道她究竟是覺得討厭，還是樂在其中。

對這場爭執感到害怕的是愛爾娜。她穿著以黑色為基調的禮服，一副不知所措的模樣。她好像很害怕莫妮卡強勢的態度，慢慢地退到房間的角落。

「愛、愛爾娜……去準備早餐呢。房裡有昨天買的麵包和果醬……」

「妳不准動。」

「果醬濺到衣服上了呢！」

「旗標也回收得太快了吧？」

莫妮卡不耐煩地嚷嚷，嘖了一聲。

「緹雅，妳去把愛爾娜的衣服洗乾淨。麻煩五分鐘內完成。」

「……是是是，知道啦。」

從早上開始，莫妮卡就一直是這個樣子。

以分鐘為單位，不停對其他同伴下達指示。有時還會嚴厲地大聲斥責。

——既然咱們要揣測對方，就表示對方也會揣測咱們。

不客氣地撂下這句話，她一早五點就把所有成員叫醒，開始準備穿去一流餐廳不會丟臉的禮服，並且徹底地教導餐桌禮儀。

緹雅一邊擦拭愛爾娜的衣服，一邊嘆氣。

「依我看，妳好像不太能夠融入培育機關的環境呢。」

「在下說過了！在下只是故意摸魚而已。」

她好像唯獨這一點堅決不肯退讓。

結果，少女們花了一整天的時間在準備。

當她們在飯店玄關等待計程車時，太陽都已經快要下山了。

「好了，咱們走吧。路上小心不要弄髒衣服了。尤其是愛爾娜。」

「……夕陽好刺眼。」愛爾娜在計程車搭乘處瞇起雙眼。「——愛爾娜要避開呢！」

「妳這傢伙！差點就要踩進水坑了啦！」

莫妮卡拎著愛爾娜的後頸根部，將她扔進計程車。

經歷一場混亂之後，緹雅等人總算啟程前往餐廳。

她們要去的那家餐廳位在海岸邊。能夠看見海的那一側裝了整面的玻璃，可以清楚見到緩緩落下的夕陽。內裝和桌巾白得幾乎讓人眼花。這裡是緹雅仔細研究導覽地圖後挑選出來的高級餐廳。

瑪蒂達已經一副無所事事地在碰面的地方等候了。她穿著和昨天一樣的休閒罩衫，「啊，妳們好」地點頭打招呼。

緹雅帶著優雅的微笑，前往大廳。

「安妮特和瑪蒂達小姐，妳們去坐那桌。」

她事前打電話給餐廳，請他們幫忙準備兩桌。

瑪蒂達頓時渾身僵硬。

「咦？緹雅小姐妳們要坐別桌嗎……？」

「嗯？因為我覺得讓妳們母女獨處比較好。」

「這、這麼說也是。我會努力的。」

不知為何感覺她在緊張。

今天的晚餐，是為了瑪蒂達和安妮特安排的。緹雅認為其他人在旁邊，可能會給她們添麻煩。

緹雅、莫妮卡、愛爾娜三人來到另一桌。

「這可是一個觀摩的好機會呢。雖說其中一方喪失記憶，不過她們畢竟是真正的母女，就讓咱們學學她會怎麼和那個安妮特對話吧。」

「就是啊，要是她們能夠順利對話就好了。」

瑪蒂達和安妮特的座位，位在離她們稍有距離的位置。

在莫妮卡的堅持下，安妮特的頭髮梳得十分整齊。平時雜亂紮起的頭髮垂放下來，並且帶著漂亮的捲度，讓她的可愛更加被突顯出來。她無疑是無懈可擊的美少女。只要她不開口說話，只要她動也不動的話。

稱讚她的髮型和禮服，應該是很好的對話開端。可是——

「…………………………」

「…………………………」

可怕而漫長的沉默開始了。

瑪蒂達緊握著自己的手，注視著安妮特。

安妮特則是帶著淺淺的笑意發呆。

「…………………………」

「…………………………」

又經過一段漫長的沉默，瑪蒂達終於率先開口了。

「那個……安妮特？妳現在是叫這個名字對吧？」

「是的！」

「妳好嗎？有沒有受傷或生病？」

「本小姐很好！」

「太好了。其實，我從昨天就一直很擔心妳。畢竟我們有四年沒見了，所以很擔心妳有沒有生病。」

「既然如此，那本小姐也一樣！」

「啊，妳在擔心我嗎？真開——」

「本小姐也很擔心自己的身體狀況！」

「…………………………」

「…………………………」

「……………………………………」

「……………………………………」

莫妮卡歪著頭，小聲地說：「嗯？剛才的對話是怎麼回事？」

愛爾娜喃喃地說：「愛爾娜也感覺得出來氣氛很緊張呢。」，緹雅則是「不過，她們應該差不多要開始和樂融融地交談了啦」如此打氣。

之後，前菜和湯被陸續送上桌，可是對話依舊不熱絡。

瑪蒂達只是默默地將食物送進口中，沒有發表任何感想。安妮特則無視莫妮卡教她的餐桌禮儀，直接拿起盤子喝湯，但是做母親的也沒有糾正她。

魚料理上桌之後，這次換安妮特主動開口了。

「本小姐討厭這個魚！」

「……咦，為什麼？」

「眼珠感覺好叛逆。」

「可是，妳以前會吃啊？我會用番茄醬汁，和貝類一起燉煮——」

「本小姐不記得！」

「啊，嗯……不過，妳要是不敢吃就留下來沒關係。」

「本小姐只是討厭魚的外表，還是可以吃得津津有味喔。」

「…………」

「…………」

「…………」

「…………」

愛爾娜低喃：「話不投機到令人害怕的程度呢。」

莫妮卡也點頭表示同意：「連咱們也開始坐立不安起來了。」

緹雅握緊拳頭：「再、再等一下吧。她們的對話應該會慢慢變熱絡的。」

料理一轉眼，就輪到主菜的小羊排被送上桌。

將食物送入口中的瞬間，緹雅忍不住發表了「真美味」的感想。這道菜的美味程度，讓人無論在情緒多麼低落的時候品嘗，都能自然而然說出這樣的感想——

「…………」

「……………………………………………」

但是果不其然，瑪蒂達和安妮特依舊沉默。

途中，安妮特離席，逼近愛爾娜說「愛爾娜，把一半的肉給本小姐」，把她嚇得驚呼「這種行為根本就是恐嚇呢！」，除此之外就沒有說話。

「…………………………」

「…………………………」

在甜點上桌之前，有的就只是漫長無比的沉默。

莫妮卡啃著麵包，一面冷笑道：

「做母親的終於開始放棄對話了。會不會太難看了？就憑她那副德性，也想把安妮特帶走？」

緹雅雖然反射性地想要替瑪蒂達說話，但是莫妮卡說得沒錯。

假使緹雅介入兩人之間，幫忙開啟話題，氣氛應該就會熱絡起來吧。可是，由第三者介入、硬是讓對話熱絡起來，這樣有意義嗎？

想要製造讓她們母女單獨面對面的機會。

緹雅一心替她們這麼著想，但到頭來或許根本沒有意義。

「說得也是。等甜點來了，我們就——」

就在她準備說「回去吧」時。

愛爾娜的鼻子抽動了一下。

「愛爾娜？」莫妮卡敏銳地起了反應。

「……出現不幸的預兆呢。」

好像是已經確認不幸的根源了，只見愛爾娜悄悄地用手指著玄關的方向。

「——被包圍了呢。」

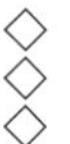

緹雅對莫妮卡使了個眼色。

她用剩餘的肉排醬汁，在盤子上描繪地圖，註明逃脫路徑和編制。

莫妮卡一臉不服地蹙起眉頭，但還是在桌巾底下扔了某樣東西過來。

通訊器滑也似的來到緹雅大腿上。她用手帕包起的同時從座位起身，走向鄰桌。

「瑪蒂達小姐，我們假裝去廁所，從後門出去吧。」

聽到她小聲地這麼說，瑪蒂達露出驚訝的表情。她似乎心裡有數。

兩人悄悄地在人不知不覺開始變多的餐廳裡移動。由於有位男性服務生擋在後門前，緹雅於是嬌媚地告訴對方自己喝醉了，分散他的注意力。然後趁機用眼神向瑪蒂達示意，讓她逃到外面。

之後緹雅也來到廁所，從窗戶逃脫。

『正門有三個奇怪的男人。』

通訊器中傳來莫妮卡的聲音。

『發現妳們沒回來之後就離開了。』

「知道是什麼人嗎？」

『至少不是什麼平民老百姓，動作要是不快點會被追上喔。剩下四十秒。』

緹雅確認四周。

這間餐廳位在需要搭計程車從飯店群前往的海邊。即使出了後門，周圍也只有又大又寬的幹道，以及如城牆般聳立的懸崖。地形就像這個國家一樣被夾在山與海之間，沒有地方可以躲藏。

「莫妮卡，沒辦法趕走麻煩人物嗎？」

『不是不行，但是很麻煩耶。在下實在不想在餐廳旁邊鬧事。』

假使對方沒有受過訓練，就有可能將其趕走。但是，莫妮卡還是想把隨便擴大混亂當成最後手段。

『總之妳們先沿著懸崖往前跑。朝著鈴聲響起的方向。』

「鈴聲？」

『別問那麼多了。』

緹雅繞到後門，和面色鐵青的瑪蒂達會合。她拉著瑪蒂達的手，拔腿狂奔的同時一面思考。

（要由我出面交涉嗎？不，現狀的風險太高了……）

兩人朝著飯店群的燈光，奔跑在幾乎無車經過的幹道上。

「妳們兩個！不准逃！」

大人們的怒吼和腳步聲從身後傳來。殺氣騰騰的，至少可以感受到對方不會輕易放過自己的意志。

雖然不知道對方的目的為何，看樣子還是走為上策。

「瑪蒂達小姐，跑快一點！」

「就、就算妳這麼說，我也沒辦法……」

儘管回答得很軟弱，但幸好她的腳力不錯，有確實跟上平時有在接受訓練的緹雅的速度。可是，大概是體力不足吧，她很快就開始累了。

男人們的咒罵聲徐徐逼近。

「——！」

緹雅的肩膀受到了撞擊。

她知道自己被石頭砸中了。儘管疼痛，還是不能停下腳步。

「把那女人也抓起來！」

為了逃離怒吼，緹雅按著肩膀繼續奔跑。

『妳放心，在下已經先派一人過去那裡了。』

這時，鈴聲傳來。「鈴！」的高亢聲音在黑夜中響起。

緹雅毫不猶豫地跑向該處。

『那是不使用任何武器，也讓人感應不到一絲殺氣，就能將敵人埋葬的犯規刺客。』

聽到莫妮卡的解說，緹雅頓時明白鈴聲的真面目。

懸崖底下，站著一名洋娃娃般美麗的金髮少女。

「不幸……」

她搖響手裡的手鐘，喃喃地說。

「代號『愚人』——屠殺殆盡的時間到了呢。」

隨後，眼前上演的荒唐景象令緹雅不禁愕然。

同時也能理解莫妮卡所說的「犯規」。完全脫離常識。就某方面而言，更勝於「屍」的刺客。

愛爾娜靜靜地仰望懸崖。

隨後——人頭那麼大的巨石紛紛落下。

少女們在湧出噴泉的公園會合。

緹雅報告——追過來的男人們中有一人受了傷，但不到造成死傷的程度。自己一行人趁機跳上路過的計程車，成功逃走。

莫妮卡也說——落石的聲音也傳到了餐廳內，不過並未引起恐慌。周圍也沒有其他可疑人物。

交換完情報之後，緹雅站在低著頭的瑪蒂達面前。

「妳遭人追趕是嗎？」

單刀直入地問。

瑪蒂達移開視線。「我……」

「妳要是不說，我就再也不讓妳見安妮特。」

這話雖然嚴厲，卻是理所當然應有的舉措，因為不可能將安妮特交給有問題的人。

瑪蒂達放棄似的咬著嘴唇。

「他們是來討債的。」

「這是怎麼回事？」

「……事情要從前天開始說起。」

瑪蒂達一臉內疚地道來。

「那天，我工作告一段落後來到公園喘口氣，結果工具箱在那裡被人偷了。我拚命找了好久，結果發現東西已經被賣給了當鋪……我一時慌了……就拿護照作為抵押去借錢，想要靠著賭博把工具箱買回來，結果失敗了……」

「當然會失敗啊，妳應該去找警察商量嘛。」

莫妮卡用傻眼的口氣插嘴。

這一帶確實有許多賭場，而且經營賭場的都是一些專門鑽法律漏洞的違法業者。外行人拿一點小錢去挑戰他們，是不可能贏的。

「不然，妳乾脆放棄那個工具箱，回去妳的國家就好了啊。」

「可是，那個工具箱對我很重要。」

瑪蒂達握緊拳頭，臉上滿是不甘心的表情。

「緹雅，別管這個人了。」

莫妮卡的口氣顯得十分厭煩。

「讓安妮特和這樣的母親見面，妳覺得她會幸福嗎？她這個做母親的不僅無法和女兒好好交談，甚至還欠了債。妳快點把她送去大使館啦。」

瑪蒂達的眼中泛起淚光。說不定，她對於剛才沒能和安妮特好好對話感到很後悔。

那副模樣令人心痛。

「喂，妳講話太大聲了啦。瑪蒂達小姐是竊案的受害者耶。」

「啊，是喔。」

莫妮卡聳聳肩，一副滿不在乎的模樣。

「——這孩子是天使。」

鏗鏘有力的說話聲傳來。

讓人一瞬間聽不出是瑪蒂達的聲音。

不同於平時無精打采的語調，能夠明確感受到堅定的意志。

「什麼跟什麼啊？」莫妮卡嗤之以鼻。

瑪蒂達顫抖著肩膀，表達自己的想法。

「在我逃離討債集團、徹底絕望的時候，這孩子出現了……她在我眼中宛如閃閃發亮的天使……我和以為早就死去的女兒重逢了。如果這不是奇蹟，那什麼才是奇蹟……雖然我剛才很緊張，但我是真的深愛著這孩子。」

她彎腰低下頭來。

「我想再次和我女兒一起生活……請給我這個機會……」

緹雅不禁屏息。

對方向比自己年輕超過十歲的少女們懇求的模樣，令她瞠目結舌。

固執的莫妮卡罵了一句「結果，妳還是沒有解釋為什麼不去找大使館和警察幫忙……」，卻隨即沉默下來思考了一會兒，然後想通什麼似的放鬆肩膀。

「……好吧，在下知道了啦。」

莫妮卡轉移目光。

「安妮特，不如由妳來決定吧。老實說，妳對瑪蒂達小姐有什麼想法？」

所有人的視線都集中在安妮特身上。她從剛才就一言不發地旁觀事情的發展。

「…………………………………」

感覺像是永遠那麼久的漫長寂靜。

最後，安妮特終於開口。
「…………本小姐曾經見過。」
「安妮特？」緹雅不解地問。
「工具箱……鈷藍色的，像是藍天一樣的顏色……」
瑪蒂達用雙手掩住嘴巴。
安妮特神情恍惚地眺望空中。以彷彿望著飄浮於空中的大氣般失焦的雙眼，繼續說下去。
「從前，有某個人一臉自豪地拿著那個……」
「妳的記憶——」
「可是，那時要大上許多，而且非常重，又好硬、好近、好痛……」
話到這裡就結束了。
安妮特垂下肩膀，呼呼地吐氣，然後露出開朗的笑容。
「——本小姐果然還是想不起來！」
之後安妮特便不再說明，噤聲不語。
慢慢開始改變了——？
緹雅有了這樣的預感。
安妮特原本讓人感覺空蕩蕩的心中產生了什麼？因為和瑪蒂達再次重逢？

她認為這是值得高興的事情，不想錯過這個機會。

「吶，瑪蒂達小姐。」

緹雅將手擱在自己胸口上。

「可以讓我把那個工具箱拿回來嗎？」

瑪蒂達露出不明所以的表情。

夜裡，緹雅穿著出任務用的服裝，悄悄離開了飯店。黑衣融入了黑夜，消除掉她的氣息。為了避人耳目，她選擇一條昏暗的道路前進。

這是一座即使到了夜晚，燈光依舊閃爍的城市。

大馬路上，期待夜間噴水秀和燈光秀的觀光客們闊步而行。見到那幅景象，緹雅不禁感到不安。迪恩共和國的治安雖然相對優良，但是依舊到處潛藏著幫派和罪犯，尤其是在不缺被遊興沖昏頭的冤大頭的城市裡。

肩膀傳來一陣刺痛。

是剛才被石頭砸中的傷。或許不是受槍傷就該感到慶幸了。

無法推測是何種集團設圈套陷害了瑪蒂達。假使又展開戰鬥，這次恐怕真的會蒙受無可救治的重傷。

緹雅打算獨自對抗敵人。不想因為自己的獨斷，拖其他少女下水。

正當她如此心想時，一名熟悉的人物擋在緹雅面前。

是莫妮卡。

「怎麼？妳來阻止我嗎？」

「妳是認真的嗎？」莫妮卡說。她身上也穿著出任務用的服裝。「不需要這樣幫她吧？讓自己承擔這種危險，值得嗎？」

「我不是說過嗎？我想要填補安妮特空蕩蕩的心。」

「……要是到最後，安妮特不當間諜了呢？」

「安妮特她……」緹雅泛起淺笑。「可以做回普通的少女。」

「…………」

「莫妮卡？」

她用手掩嘴，像在思索些什麼。仔細一瞧，她手裡有一面小鏡子，似乎正在確認後方。

「好多軍人。」

莫妮卡喃喃地說。

「……在下一直覺得好奇，街上從白天開始就有好多軍人在徘徊，這太奇怪了。」

「什麼意思？」

「這座城裡也許發生什麼麻煩事了。在下實在不想輕舉妄動啊。」

世界大戰結束後，陸軍的主要工作是戒備國境附近、災害應變、軍事訓練，以及支援警方應付不來的事件——警戒恐怖分子和間諜。

確實能夠感應到緊張的氣氛——

「儘管如此，妳還是不打算收手嗎？」

「嗯。」緹雅點頭。

「妳真的很蠢耶，也不想想自己白天受了傷。」

莫妮卡一臉不可置信。她揚起嘴角，指著緹雅的肩膀。

「如果反過來就不會失敗了。讓在下去保護瑪蒂達小姐，妳則透過通訊器下達指示。這麼一來，事情就會更順利不是嗎？」

「可是，這是我自己找來的麻煩，我不能把危險的工作交給妳。」

下達指示時，緹雅有察覺到莫妮卡的表情相當不滿。

緹雅也明白，如果是她，一定有辦法單槍匹馬擊退暴徒。

「這次也是一樣。我自己引來的問題，我會自己負責處理掉。」

「…………妳果然很蠢。」

「什麼？」

緹雅說出自己的決心，卻遭到對方輕易地否定。

莫妮卡露出傻眼的表情。

「妳聽好了，假使妳受了傷，到時在下也會被究責。」

「不會有那種事啦。要是有人誤會，我會負責解釋清楚——」

「同伴說不定不會接受。妳的輕率舉動，有可能會害在下也受到責難。」

「唔！」

無可反駁。緹雅沒有考慮到那種可能性。

「關、關於這一點，我向妳道歉。可是，我還是無法對瑪蒂達小姐置之——」

「——所以，在下來幫妳吧。」

莫妮卡拍拍緹雅的手臂。

緹雅頓時愕然。

「妳……」

「妳也該發現了吧？在下是個自尊心很強的人。假使身旁的同伴受了傷，會害在下很沒面子。然而妳卻偏偏不肯退讓，所以沒辦法了。」

她重重地嘆口氣。

「這一次，在下就奉陪妳這個天真的傢伙到底吧。」

語尾方落，陰暗處又跳出兩名少女。

「還有愛爾娜呢！」

「本小姐也要幫忙！」

是愛爾娜和安妮特。

她們兩人也都換上了任務服，紛紛表示願意協助。

「……」

緹雅的嘴唇微微顫抖。

同時身體也熱了起來。她無意識地吸入空氣，讓肺部膨脹。

「妳怎麼了？」莫妮卡一臉不快地皺起眉頭。

「我實在不敢相信，我還以為妳一定會大罵『不准亂來，臭賤貨』。」

「原來在妳心中是這樣評價在下的。」

「還有──我現在安心多了。」

這四人終於合作了。

掩不住發自內心的笑意，緹雅將頭髮往上一撥。

「好了！就讓對方瞧瞧我們的厲害吧！如果是我們四人，一定可以——」

「那種話就免了。」

正打算激勵士氣，就被莫妮卡給打斷。

「咱們又不是非選拔組的四人，就別玩友情遊戲了。」

稱呼百合、葛蕾特、席薇亞、莎拉這四人為「非選拔組」，她開始轉動自己的肩膀。儘管態度高傲到了極點，但這就是她。

「咱們就帶著選拔組的榮耀，依照咱們的方式行事吧。」

始終傲慢的態度。

可是，那句話令人感到雀躍也是事實。

◇◇◇

率先展開行動的，是緹雅和愛爾娜。

作為目標物的當鋪位在離車站不遠的大馬路上。兩人趕在打烊前一刻進入店內。狹小的店裡擺放了玻璃展示櫃，陳列著寶石和名牌皮件。

（燈光好昏暗啊……簡直沒打算販售商品似的。）

間諜的直覺感應到了怪異之處。

安妮特事前曾造訪過這間當鋪一次。望向她所說的層架，那裡果然擺著一個鈷藍色的工具箱。工具箱就擺在從店外也看得見的醒目位置。

緹雅見到那個工具箱的價格後不禁咋舌。

將近一般成年男性的兩倍月薪。

（果然很奇怪……普通的工具箱不可能會賣這種價錢。）

依這個價格，實在不難理解瑪蒂達為何會放棄購買，跑去賭場賭博。

很顯然——有人惡意想要陷害瑪蒂達。

「老闆，我有東西想賣，可以打擾你一下嗎？」

當鋪老闆人在店鋪深處。

那是一名骨瘦如柴、戴眼鏡的青年。乍看是個溫順老實的人，然而那雙眼睛裡卻帶有彷彿要捕食對方的壓迫感。

「就是這個工具箱啦——你可以收購嗎？」

緹雅遞出去的，是另一個工具箱。

和瑪蒂達被偷走的工具箱一模一樣。

「如果是這個……」青年以陰鬱的神情，拿起鋼筆在紙上寫字。「我出這個價。」

低到不行的價格。

「哎呀。」

緹雅一副意外地——像個不知世事的千金小姐般瞪大眼睛。

「這個工具箱——和展示櫃裡的東西完全一樣吧？可以請你以售價的七成價錢收購嗎？」

外表和瑪蒂達被偷走的工具箱相同的複製品。

那是安妮特花不到一小時就完成的作品。她只是見過一次展示櫃裡的贓物就記住了，然後改造市售的工具箱，做出外觀毫無差別的複製品。

老闆抬了抬眼鏡，看來似乎心生動搖。

「完、完全一樣的商品……？」

他顯然對於安妮特的精巧複製品感到困惑。

從外觀到內部設計都一模一樣的工具箱。除非有正當理由，否則價格不可能會有落差。

緹雅觸碰愛爾娜的背部，用嬌滴滴的語氣說。

「吶，老闆，好不好嘛？這可是這孩子的父親很重要的東西耶。」

「可是，就算妳這麼說……」

「拜託你！我們現在急需用錢。」

緹雅用雙手抓住當鋪老闆的手，定睛凝視對方的眼睛。老闆紅著臉，回望突然握住自己手的緹雅。

——整整三秒鐘，緹雅沒有移開視線。

這樣就足夠了。

「……抱歉提出如此無理的要求。」

緹雅鬆開手，露出優雅嬌媚的笑容。

「這是我們住宿的地方。假使你改變心意了，請再跟我們聯絡。」

緹雅讓老闆握住紙條後，便和愛爾娜一同離開當鋪。途中為了謹慎起見，她還撥了撥愛爾娜的頭髮。美麗的金髮在街燈光線的反射下，閃閃動人。

如此一來，當鋪老闆起碼應該不會忘了愛爾娜的特徵。

離開當鋪之後，緹雅對著通訊器說話。

「這裡是『夢語』。第一階段完成了。我看透當鋪老闆的願望了。一如我所料，他是骯髒的金錢慾望的化身。」

緹雅對男人的下一步行動瞭若指掌。

「我會讓『愚人』前往假的住宿地點。應該會花一點時間，其他人就先待命吧。」

在小巷裡待命的莫妮卡再次接獲通知。

『這裡是「愚人」。第二階段完成了呢。』

接到緹雅的報告後過不了多久，愛爾娜便回報狀況。

『和預料的一樣，工具箱被偷了呢。』

好快。事情的進展速度比預期中快上許多。

「這下應該可以確定當鋪和竊賊有關聯了。」

當鋪的男人大概喜孜孜地心想「冤大頭上門了」，立刻就跟同夥聯絡了吧。然後同夥在緹雅二人所說的旅館和當鋪之間的路上等候，從金髮少女手中偷走了工具箱。這一切絕非偶然。

「……不過，會不會太快了？」

『工具箱是在愛爾娜入迷地欣賞噴水秀時消失的呢。』

「也對，妳一副就是很容易被扒手盯上的樣子嘛。」

『說到這裡，愛爾娜的錢包好像也從剛才就不見──』

莫妮卡將通訊器收進口袋。雖然好像聽到又有新的問題產生，不過那就交給緹雅去解決吧。

「安妮特。發訊器的狀況如何？」

「有正常運作。而且距離相當近！」

安妮特抱著探測器，高興得又蹦又跳。發訊器就安裝在安妮特製作的工具箱上。

在她的引導下，莫妮卡來到位於巨大飯店群的狹縫中的小型樓房。半地下室裡有一間看起來很寒酸的事務所，身穿西裝的大人露出低級的笑容在裡面蠢動。

「……感覺像是算不上幫派的壞蛋耶。真無趣。」

莫妮卡從窗戶確認之後，無奈地聳了聳肩。

「算了，還是快點把事情解決吧。」

莫妮卡一戴上面具，便踢破半地下室的窗戶，闖入室內。

在此同時，一名女性尖聲驚呼。

「妳是什麼人！」

「只是普通的觀光客。」

莫妮卡戲謔地回應，一面環顧室內。

半地下室的房間裡大約有五個人，一女四男。室內堆滿了疑似是贓物的包包類，深處還有一個金庫。不是密碼鎖，而是圓筒鎖。是莫妮卡幾乎瞬間就能打開的便宜貨。

然後，安妮特所製作的工具箱就在那個金庫旁邊。

「你們幾個還真惡劣啊。從旅客身上偷走貴重物品，賣給當鋪，然後呢？要當鋪訂出天價，然後介紹苦惱的冤大頭去地下錢莊和賭場？你們可真厲害呢，在下好久沒見到如此徹頭徹尾的壞人了。」

莫妮卡觸碰被隨意擺在房間桌上的東西。

「而且還收集這麼多作為抵押的護照……」

翻找被胡亂堆疊成山的護照，確認裡面的資料。

「…………嗯，果然沒錯。」

然後她找到了自己想找的東西，暗自竊笑。

一個男人激動地大吼。

「不准隨便亂碰！」

他握起手邊的鐵棍，衝過來要毆打莫妮卡。

莫妮卡以輕巧的身段橫向避開攻擊，然後在男人再次衝上前時掃了他的腿，失去重心的男人就這麼撞上金庫，頭部受到重擊，失去意識。

對方似乎也察覺到闖入者不是普通角色。他們紛紛抓起刀子，包圍莫妮卡。

可是，莫妮卡才不是會因此感到害怕的人。

「要在下打倒你們所有人也是可以——不過這種好康就讓別人去享受吧。」

她意興闌珊地拋下這句話，彈響手指。

「輪到本小姐出場了嗎？」

安妮特從破掉的窗戶探頭，臉上帶著和緊迫狀況格格不入的純真笑容。

莫妮卡斜眼瞥向茫然的男人們，一邊從懷裡取出護目鏡。

他們大概無從得知吧。

看起來只是普通工具箱的東西——在他們輕鬆得手安妮特的發明的當下，就已經注定要失敗了。

「代號『忘我』——組裝的時間到了！」

下個瞬間，工具箱噴出大量的催淚瓦斯。

◇◇◇

會面地點是有著大片綠地的公園。

在中午時分將工具箱物歸原主後，瑪蒂達驚訝得目瞪口呆。

「……妳們是怎麼拿回來的？緹雅小姐，妳們究竟是何方神聖？」

「我有親戚是警察，我只是稍微請他幫個忙啦。」

緹雅隨便編了謊話敷衍過去。

實際上，是莫妮卡從充斥催淚瓦斯的房間裡，偷走了他們的帳簿，然後利用那本帳簿要脅當鋪，將工具箱拿回來。其實本來也想將護照拿回來，不過莫妮卡說瑪蒂達的護照不在那個房間裡。

可是，今天來的目的並不是要說出那些真相。

安妮特在一旁發出粗重的鼻息聲。

「那個不重要！」安妮特蹦蹦跳跳地說。「請告訴本小姐這裡面是什麼！」

「呃，這點小事當然沒問題……」

「本小姐從昨天就期待到睡不著覺！」

安妮特拉著瑪蒂達的衣服，讓她坐在草皮上。

「本小姐想要只讓鎖定的對象掉入陷阱！因為前陣子，糊塗的愛爾娜掉進了為大哥設下的圈套。究竟該怎麼做才好呢？」

「……嗯？妳是要惡作劇嗎？呃，如果是這樣，使用這個塗料如何？」

「這是什麼？」

「這是新開發出來的塗料，非常容易溶於水中。因為只要淋上水就會立刻溶解，應該可以用來區別假貨和真貨。妳或許可以事先將這個辨識方法告訴同伴？」

「喔喔！本小姐太感動了！」

看樣子，工具箱裡也裝了瑪蒂達研讀過的資料。當鋪老闆大概是看不懂，所以沒有處理掉吧。

在午後的公園裡，將機械零件和設計圖攤在地上，彼此談笑的母女。

這幅景象看在旁人眼裡很是奇特，不過她們本人感覺十分開心。

「本小姐想把工具箱整個帶走了！」

「不、不行啦，這是我的工作用具。」

安妮特自顧自地說，瑪蒂達則滿臉困惑地回答。

和昨晚在餐廳的樣子不同，雙方都滔滔不絕。

「那對母女以前一定也是這樣溝通的……」

「呢！」

遠遠望著那對母女，緹雅和愛爾娜同時點頭。

安妮特像個收到超棒玩具的孩子一樣欣喜不已。那是她在「燈火」鮮少會有的表情。此時此刻肯定遠比高級晚餐更能打動她的心。

感受到成就感的同時，緹雅的心也感到一陣刺痛。
（假如安妮特真的希望和瑪蒂達小姐一起生活……）
事到如今才來後悔，實在太難看了。這一點她心裡很清楚。
可是，她仍心情複雜地動搖了。
「……愛爾娜先姑且把話說清楚了。」
一旁的愛爾娜這麼嘀咕。
她大口咬下點心的甜甜圈，一臉不服地瞇起雙眼。
「愛爾娜很討厭呢。」
「咦？」
「討厭安妮特呢。」
「為、為什麼？」
緹雅還在為這突如其來的告白感到困惑，就見到愛爾娜氣得跺腳。
「這還用說嗎！因為她老是欺負愛爾娜呢！」
「啊，可以理解。」
說起來，最常因為安妮特的奔放個性吃虧的就是她。又是被水槍打，又是在睡覺時被踢臉。
「……可是，她要是不在了，愛爾娜會很寂寞呢。」

愛爾娜小聲地說。

那句話，聽起來也像是委婉的譴責。看在她眼裡，大概覺得緹雅想把安妮特趕走吧。

「希望妳不要誤會了。」

緹雅撫摸愛爾娜的頭。

「我並不認為瑪蒂達小姐是個可靠的好母親喔。如果安妮特希望和瑪蒂達小姐一起生活，我會表示反對，並且盡全力勸退她。」

「呢？」

「但是，如果安妮特真心希望那麼做，我就會認同她的決定。」

緹雅自始至終都認為應該尊重本人的意願。

她只是將用來支撐其心靈的情報擺在安妮特眼前，完全不打算促成安妮特和瑪蒂達一起生活。

——希望安妮特能帶著堅定的心，選擇「燈火」。

緹雅的心願僅僅如此。

「愛爾娜覺得做出這個判斷的緹雅姊姊非常了不起呢。」

「嗯，謝謝妳。」

能夠獲得同伴的認可，緹雅也十分滿足。

存在她心中的，依舊是她視為理想的間諜身影。

如果是我崇拜的英雄，一定也會採取相同的行動——

安妮特對母親的發問攻勢直到傍晚才結束。

直到瑪蒂達筋疲力竭、累到快暈過去了，安妮特才終於說「本小姐學到了很多！」將她釋放。

瑪蒂達踩著蹣跚的步伐，走向緹雅。

「好厲害……那孩子把這幾年來的新發明和新素材全都搞懂了……」

以不可置信的語氣這麼說。

同時，表情中也帶著滿足感。看來，她們似乎度過了一段充實的時光。

緹雅答應瑪蒂達會再和她聯繫，之後便與她道別。下次見面時，得和克勞斯商量，請教他該怎麼做才行。

回程的路上，安妮特感慨良深地嘀咕：「……這就是所謂的母親啊。」對她這個女兒來說，那似乎也是一段有意義的時光。

和心情大好的安妮特返回飯店，莫妮卡正一手拿著書本等待著。

「嗨，辛苦了。」

她堅持無論如何都要分開行動，今天一整天都沒有與緹雅等人同行。緹雅准許了她的任性要求。因為她雖然討厭集體行動，還是努力忍耐到假期的尾聲。

沒錯，假期明天就要結束了。

明天傍晚就要回去陽炎宮。一想到這裡，內心就一陣落寞。

「莫妮卡妳也辛苦了。多虧有妳，瑪蒂達小姐感覺很開心喔。」

「在下沒有做什麼啦。功勞最大的人應該是安妮特。」

「呵呵！我們果然只要合作就無敵呢。」

「就說在下一人就已經無敵——啊～算了，懶得回答。」

莫妮卡厭煩地揮揮手。

她的態度儘管一如往常地冷淡，卻感覺沒有之前那麼討厭了。

「吶，莫妮卡。明天就是假期的最後一天了，今晚要不要好好玩個痛快？大家一起上街去吧。」

雖然之前老是和她吵架，不過經過這次的事情，彼此的感情似乎加深了。

偶爾也想在任務之外互相交流。

「和妳在一起感覺很花錢耶。」莫妮卡一派輕鬆地回答。「算了，偶爾一次也好。」

「那就這麼決定了。我們四人一起去賭場吧！」

「等等，妳我也就罷了，這兩個小鬼應該會被趕出去吧？」

「……賭場讓人家很好奇呢。」愛爾娜舉手。「愛爾娜想去！」

「妳這輩子都不准去。」

莫妮卡把枕頭扔向愛爾娜，強制她閉嘴。

之後，她對緹雅露出爽朗的笑容。

「不過在那之前，得先把工作徹底完成吧？」

「工作？」

「必須向克勞斯先生報告瑪蒂達小姐的事。」

「說得也是……」

克勞斯會做出何種判斷呢？

儘管相處了近三個月的時間，還是很難斷言已經完全掌握住他的性格。

「不曉得老師會怎麼說……我開始覺得有點害怕了。他會不會反對讓安妮特和瑪蒂達小姐見面呢？」

套房裡設有直通電話。只要撥打專用號碼，告訴接線生密碼，就可以打到陽炎宮。

緹雅神情凝重地注視那具電話。

結果，莫妮卡笑著說：「其實，那已經不是該擔心的重點了。」
「什麼意思？」
「意思就是，問題早就已經改變了。」
不明白她在說什麼。
緹雅身旁，愛爾娜露出訝異的表情，安妮特臉上則是掛著天真無邪的笑容。
在所有成員的注視下，莫妮卡神情愉悅地說。
「在下一直覺得奇怪：猶豫著不肯說出住宿地點；遇上竊案，卻不去找警察報案。經過確認之後，結果果然不出所料。在下雖然找到了有瑪蒂達小姐的大頭照的護照，可是上面的名字卻不一樣。看來街上會有那麼多陸軍，和她脫不了關係呢。」
莫妮卡似乎找到了瑪蒂達的護照。
她不知為何隱瞞了這件事，而且今天好像還花了一整天去調查。
「妳到底想說什麼……？」
「謝啦，多虧有妳們，在下才能夠追查清楚。」
莫妮卡對困惑的緹雅說。
「瑪蒂達小姐——是帝國的間諜。」

語氣篤定。

見到莫妮卡那副得意的表情，緹雅總算察覺她的真實想法。

——為什麼她會如此合作？

她大概早就料到事情的發展了。緹雅等人遭到了利用。什麼團結——全是演技。

「就由在下來向克勞斯先生報告吧。」

莫妮卡走到電話旁，開始轉動號碼盤。

「好了，妳們該去把瑪蒂達小姐移交給陸軍了吧？」

嘴角浮現死神般的殘酷笑意。

間章　下落③

the room is a specialized institution of mission impossible
code name bouga

火車在正午時分抵達目的地的車站。

走出車站的瞬間，百合發出「唔喔」的驚呼。

「這、這裡是不是比首都還要發達啊？」

高層飯店圍繞著車站聳立。只是稍微放眼望去，就能見到十間以上的巨大住宿設施，簡直宛如來到了城堡之中。據說有許多初次造訪的觀光客，都因為這強烈的壓迫感而猶豫著不敢踏出第二步。看來百合也不例外。

話說，她出身偏僻地區，之後又在培育機關的宿舍長大，大概還沒有習慣都市的街景吧。雖然她已經去過發展程度比這裡高上數倍的帝國的城市了。

「只有飯店周邊而已。」

克勞斯小聲地說。

「先不管那個，妳——看見了幾個人？」

兩層樓的車站建築裡人潮洶湧。穿越剪票口後，商店林立，店家紛紛向旅客推銷地圖和果汁。車站前方，飯店派來接送旅客的車輛大排長龍。

可是，卻有人與如此歡欣輕快的氣氛格格不入，渾身散發出異樣的緊張感。

「……軍人有十二名這麼多？」

那些軍人威風凜凜地穿著軍服，朝通過剪票口的人們投以凌厲的目光。

百合眨了眨眼。

「不對，還有七名扮成市民的軍人。他們雖然好像想要掩飾身分，可是身上散發出的威嚇感和體格卻讓人一目了然……？」

「那就是陸軍的水準。」

無法以間諜身分派上用場的熟練度。這就是對自全國挖角選拔出來的人才進行培育的對外情報室，以及只要身體健康，任誰都能加入的陸軍之間的差別。

「不過，陸軍的強項在於數量。個人的能力雖然低落，卻能夠在一個車站就配置多達十九人。」

能夠對一名敵方間諜投入這麼多人才這一點，無疑是陸軍的強項。

克勞斯低聲詢問。

「──如果是妳，妳會怎麼突破這個包圍網？在長相已經曝光的條件下。」

「……咦？臨時抽考？」

百合用手掩嘴，低吟思索。

「首、首先，用毒藥讓感覺地位最高的人昏睡──」

「如果那麼做，妳會像在空中飄浮的氣球一樣被殺死。」

「我是聽不太懂啦，意思是我失敗了？」

從軍人的配置情況來看，不難預料到他們有一位優秀的指揮官。

克勞斯前往事前被告知的飯店。陸軍好像包下一流飯店的一個房間，在那裡成立了作戰本部。

兩人一度進入小巷，克勞斯指示百合用兜帽遮住臉孔。

「咦？不能露臉嗎？」

「要是讓陸軍那群人見到真面目，就等於把長相也洩漏給敵國知道，因為他們的情報管理漏洞百出。長相已經曝光的我就算了，妳不能隨便讓他們看見妳的臉。」

「……老師，你好像有點神經兮兮的耶？」

「因為陸軍裡面有個我很討厭的男人。」

克勞斯二人來到六樓，見到走廊上站了幾名軍人。聽到克勞斯說「我們是對外情報室的人」，對方滿臉不悅地讓了路。

作戰本部裡，七名男性圍著大桌子而坐。他們在桌上攤開地圖，所有人動作一致地雙手抱胸。然後，一注意到連門也沒敲就逕自闖進來的克勞斯，他們所有人同時倒吸了一口氣。

位於中央的一名青年站起身，大步朝克勞斯走來。

「喂！你為什麼會在這裡？我可不記得有向對外情報室請求支援！」

那是一個氣度威嚴的男人。厚實的體格和修剪整齊的短金髮，一副標準的軍人裝扮。雖然好像才二十四歲，從那張臉上卻已不見年輕人的稚氣。

克勞斯討厭的人——威爾塔．巴魯特大尉。

「我沒有義務告訴你。我們有權利保持緘默。」

克勞斯嘆著氣說。

「把陸軍所擁有的情報全部告訴我。」

「拜託人是這種態度嗎？」威爾塔沉下臉來。「這可是我的部下和勇敢的當地警方努力收集到的——」

「少廢話了，給我遵守規則。」

「唔，你這傢伙……」

「不要故意朝我靠過來，很悶熱。」

威爾塔一副隨時都要揪住克勞斯的前襟地瞪著他。

克勞斯則完全不理睬對方，視而不見。

百合察覺到現場氣氛緊繃，於是介入兩人之間。
「請問你們兩位認識嗎？」
威爾塔好像此刻才終於注意到百合的存在，「哦？」了一聲，露出親切的表情。
「什麼啊，真難得你會帶部下一起行動。」
百合緊張地低下頭，說：「我是對外情報室的『花園』。」
威爾塔似乎因此放鬆了戒心。他快活地笑著自我介紹。
「我名叫威爾塔・巴魯特，在陸軍情報部擔任上尉。請多指教。」
威爾塔和百合彼此握手，然後再次瞪向克勞斯。
「因為我和『燎火』莫名地有緣。我們見過好幾次面了。」
克勞斯聽了，咒罵一句「你老是給我添麻煩」。
他和威爾塔從「火焰」時代就認識了。
為了執行國內的任務而向陸軍取得情報時，不知為何負責人經常都是這個男人。威爾塔似乎對於事件有種奇妙的嗅覺。初次見面時還是個准尉的他，轉眼間就升了官，晉升成以他的年齡來說相當罕見的上尉。
儘管認同他的能力，但也許是隸屬單位不同的關係吧，克勞斯就是和他不對盤。
「你的上司們又沒及時報告了啦。替我轉告他們，下次要是再有什麼事，就由你直接向我報告。」

「軍隊是階級社會。底下的人哪能擅自行動啊。」

威爾塔嗤鼻回應克勞斯的抱怨。

「再說，輕易就把自己拚命收集來的情報讓出去，讓別人搶走自己辛苦的成果，這可實在教人不太開心啊。」

「你不要搞錯事情的優先順序了。」

「就算我願意忍下這口氣，我也得指揮現場的弟兄。光憑道理是無法服人的。況且，你說要我報告，可是你們自己有把情報透露給我方過嗎？」

「對外情報室是負責處理機密情報的機關，不能輕易把情報交出去。」

克勞斯和威爾塔互相瞪視。

百合見狀開始慌了，不過這種程度的對峙早已是家常便飯。

可是，對外情報室確實有權閱覽陸軍的情報。

威爾塔神情忿恨地將資料拿給他看。

萊拉特王國和加爾迦多帝國的間諜之間的抗爭，以及萊拉特王國的間諜的遺體。最後，是疑似帝國間諜的女性的護照副本。

「這女人就是潛伏中的間諜。現在，我們正嚴密封鎖並監視幹道、車站、港口，一隻老鼠也逃不出去。銀行戶頭也已經凍結。想必那女人很快就會沒法過活，然後暴露行蹤吧。」

「你們可真是大費周章啊。如果是我，一天就能把她找出來。」

「怎麼找？對方可是殺死別國間諜的高手耶。」

「就好比輕輕掬起漂浮在湖畔的水草一般——」

「我沒空聽你逞強。總之，交給陸軍吧。高層已經——」

克勞斯嘀咕了一句「我明明就沒有在逞強」，但威爾塔沒打算理他的意思。

「我就好心告訴你吧。」

威爾塔壓低音量。他好像不想讓周圍的同伴聽見內容。

「如你所知，陸軍對對外情報室相當反感。高層現在正急於找出你們的醜聞把柄，尤其最近又更加嚴重了。」

大概是因為病毒武器外流的失態被發現，害陸軍顏面掃地吧。

好無聊的報復。

「假使你把現場搞得一團亂，讓差點就能逮捕歸案的間諜逃了，高層肯定會非常樂意向議會要求廢除對外情報室。」

「…………」

「乾脆一點收手吧。我雖然不喜歡你，但也不樂見對外情報室遭到廢除。」

威爾塔了解「火焰」。

在知道他們有多偉大的人之中，很少有人打從心底仇視對外情報室。

「……說得也是，還是回去好了。謝謝你的建議。」

「哦，你很明事理嘛。」

「只不過，我要給你一個忠告：及早增加港口的戒備。」

威爾塔面露納悶神色。

「什麼意思？」

「敵方間諜未必只有一人。你們對進城的人疏於警戒對吧？時間一久，說不定會有壞人從帝國趕來救援。」

「間諜的援軍啊……」威爾塔點頭。「這麼說也有道理。不過，為什麼是港口？」

「不自覺就是有這種預感？」

聽到克勞斯這麼回答，威爾塔滿臉不悅地皺起眉頭。

走出飯店之後，百合大大吐了一口氣。

「……我總算明白對外情報室（我們）和陸軍為何感情不睦了。」

她一躲進飯店的陰影處，便摘下兜帽。臉上的表情，可以說一半傻眼、一半恍然大悟。她瞪著剛才所在的飯店說道。

「那個房間裡的人，全都用殺氣騰騰的眼神瞪著我們，感覺對我們恨意滿滿耶。」

「這已經不是一天兩天的事了。」

「那副眼神，就跟莫妮卡瞪在任務中犯錯的我一樣。」

那不是憎恨，而是輕蔑吧。

「不過，威爾塔先生感覺不是壞人呢。」

「我雖然不喜歡他，但他確實是個優秀的指揮官。車站建築的軍人也配置得相當好。」

克勞斯點頭。

「雖然我並不喜歡他。」

「你說了兩次喔？」

「煩死人了，我也是有自尊心的。」

「可是，你何必對他那麼刻薄呢？是因為他是陸軍的人，你才討厭他嗎？」

「誰教他的態度那麼囂張。」

「……………………」

「嗯？妳有說話嗎？」

「不……我什麼都沒說。」

老師明明也很囂張啊！克勞斯總覺得聽見百合這麼嘟噥。

儘管還有很多事情想說明，但現在不是把時間花在那上面的時候。

還是回歸正題吧。威爾塔告知了一個不得了的事實。

「先不提那個了，關於陸軍正在搜索的間諜——」

「啊，是的！你知道什麼了嗎？」

「護照裡的照片感覺和安妮特有些神似。她們之間或許有關聯。」

偽造的護照裡，貼了一張黑白照片。姓名和出生年月日可能是假的，不過既然有順利通過海關，那麼應該沒有冒用他人的大頭照才對。

那張大頭照裡的人，長相十分眼熟。

「咦……」

百合嚥了嚥口水。

「請等一下！那名女性現在——」

克勞斯頷首。然後，回想起威爾塔得意洋洋的發言。

『高層已經——下令准許射殺這個女人了。』

倘若少女的失蹤與這名女性有關，那麼事情就非同小可了。

4章 決裂

the room is a specialized institution of mission impossible
code name bouga

緹雅回想起來了。

回想起與「屍」的戰鬥——少女們的職責就是不停地逃。

發現為了暗殺有力政治家而現身的屍，利用無線電向克勞斯報告，並在他抵達之前加以監視；如果被發現了就逃跑。可是又不能逃得太徹底。否則屍又會隱匿行蹤，虐殺無辜的國民，消去蹤影。

雖說不會與其直接交手，卻是相當危險的工作。

最先與屍接觸的人是緹雅。

她在豪華別墅林立的避暑勝地一隅，用雙筒望遠鏡捕捉到屍的身影。

（……一如老師所預料，他果然來這裡了。）

大概是計劃對在別墅居留的政治家下手吧。

感到焦躁的同時，歡喜的情緒也湧上心頭。那是「是我發現他的」的功名心。

可是，那份心情卻在下一刻煙消雲散。

——屍轉身了。

心臟高聲地跳動。

（不可能……我們明明相距超過兩百公尺。）

太大意了。克勞斯也能在這個距離下發現對手。緹雅遺忘了這個事實。

屍朝這邊衝了過來。和他之間雖然有路樹和別墅等障礙物，但卻無法為自己爭取時間。屍將那些障礙物當成墊腳石般一蹬，加速前進。

——我會被抓住，然後被迫吐露情報。

如此心想的緹雅也開始逃跑。

腦袋裡早已牢記住同伴們預先提供的情報。愛爾娜提供了容易崩塌的懸崖和容易倒塌的牆壁的位置，安妮特則告知了事前設下的多個圈套。

可是，屍也是實力堅強的角色。

無論是如愛爾娜所料崩塌的土石，還是安妮特埋設的炸彈，他全都輕而易舉地閃開。

「真弱啊。」

緹雅一轉眼就被追到走投無路，與屍對峙。

那是一個像死人般瘦骨嶙峋的男人。削瘦的臉上幾乎無肉，眼窩像浮雕一樣突出。那副不健康的外表令人聯想到死亡，使得緹雅不禁顫抖。

她反射性地後退一步。

「居然後退了。」屍嘲笑道。「真沒出息。」

緹雅咬住嘴唇。

他說得沒錯。因為磚頭外牆圍繞著別墅四周，緹雅從一開始便無處可逃。

「啊啊，真無趣。世上果真沒有人能與我對抗，淨是一些輕易就能殺死的雜碎。」

他拿著刀子，步步逼近。

現在不是緹雅能夠使用特技的狀況。愛爾娜和安妮特的特技也不管用。

儘管舉著槍，雙腿卻發起抖，沒辦法好好瞄準目標。

唯一能夠對抗屍的是——

「唔哇，好噁心的臉！」

口出狂言，現身在別墅屋頂上的莫妮卡。她即刻開槍。

屍反射性地跳向一旁，轉身面向莫妮卡的方向，但是——

跳彈。

莫妮卡射出的子彈在外牆的磚頭上反彈，從後方襲向屍。利用挑釁誘導對方的視線，這是超乎常人的神技。

「……哦，妳還挺有一套的嘛。」

子彈僅僅擦過屍的肩膀。不知為何，屍似乎察覺到了跳彈。

讓子彈反射襲敵的莫妮卡和閃避攻擊的屍，兩者皆遠遠超出緹雅的理解範圍。

「真沒想到居然會被敵人誇獎。」莫妮卡在屋頂上撫摸後頸。

「我確實認同妳的才能——」屍的手裡不知何時已握著一把槍。「但是妳太天真了。」

屍以超快速度朝莫妮卡連續射擊。屍舉槍的速度快到看不見，甚至沒有做出瞄準的動作。沒有任何多餘舉動、爐火純青的暗殺術。

「！」

莫妮卡勉強避開，躲在磚造的煙囪裡。

「很遺憾，現在的妳不是我的對手。能夠打倒我的只有『燎火』。」

屍以陰鬱的語氣這麼說。

「好空虛啊。我聽我徒弟說了，燎火不在這裡對吧？聽說他現在人在名叫烏維・阿佩爾的政治家家裡。我覺得好哀傷，難過到好想死。」

屍一臉遺憾地左右搖頭。他似乎對那則假情報深信不疑。

莫妮卡從煙囪探頭，臉上帶著挑釁的笑容。

「哦，看來葛蕾特幹得也挺不錯嘛。」

「什麼？」

「往上看看吧。」

莫妮卡伸手，指向天空。

就在屍受到吸引，抬頭向上時——

「是旁邊。」

一道黑影以野獸般的速度強攻而來，猛力踢中屍的臉。

是克勞斯。

他以迅雷不及掩耳的速度衝上前，給了屍一記完美的飛踢。屍的身體輕飄飄地凌空飛起，撞上磚牆。

「燎火！」屍吐著血，大聲吼叫。「我等候多年，終於等到足以成為我競爭對手——」

他在站穩之前便將槍口指向克勞斯，和剛才一樣使出神速的連發攻擊。子彈在不到兩公尺的極近距離下被發射出去。

鏘！的尖銳金屬聲響起。

克勞斯手裡拿著刀子，看起來毫髮無傷。

「啊……？」

第二記蹴踢直擊錯愕的屍的側頭部。

屍就此失去意識，翻著白眼，癱軟地倒在地上。

緹雅回想起來了。彈開子彈——說起來，克勞斯的師父基德也曾經用刀子彈開子彈。看來克勞斯也理所當然地學會了。

「……原來只要這樣應對就好了啊。」莫妮卡有些不甘心地嘀咕。

克勞斯若無其事地甩手。

「——好極了。妳們全都活下來了。」

「你這樣秒殺他好嗎？」莫妮卡說道。「這傢伙剛才絮絮叨叨地說什麼『競爭對手』還有『命中注定的對手』之類的。」

「被擅自這麼認定，我也是一頭霧水。」

他一副不耐煩地俯視屍，似乎無法理解屍所說的話。

安妮特和愛爾娜從別墅的暗處探頭，兩人融洽地合力將行李箱搬過來。

克勞斯接過行李箱，將屍的身體摺疊後塞進去。

「……你不殺他嗎？」

緹雅插口。

任務的內容應該是暗殺。莫非是要將他運走再殺害嗎？

「我就告訴妳們吧。」

克勞斯粗魯地關上行李箱。

「像他這種棘手的對手，雖然接獲的命令是暗殺，但是最好的做法就是將他活捉。愈優秀的間諜，手中掌握的情報愈是珍貴。我要將他移交給專業團隊，對他進行盤問。他會被迫喝下自白劑，有必要時還會遭受拷問。」

「拷問……」

「記清楚了。間諜被捕後的下場，是比死亡還要深沉的黑暗。」

克勞斯的眼神冷若冰霜。那是他平時不會表現出來，身為間諜的嚴酷。

緹雅頓時感到一陣寒意。

「沒有希望。不是精神耗弱以致崩潰，就是忍受不了拷問而喪命。如果自願成為雙面間諜，那麼還有一絲機會能夠存活下來——」

克勞斯低聲接著說。

「但是，叛徒會被自己的同胞殺死。」

那一定是警告吧。

要少女們今後在外國活動時「不要被捕」的威脅。

然而緹雅萬萬沒想到，那句話竟會以別種形式應驗在自己身上。

「妳們該去把瑪蒂達小姐移交給陸軍了吧？」

聽了莫妮卡的話，掠過緹雅腦海的是克勞斯的教誨。被捕間諜的下場。在前方等待的是無情的折磨。

身體動了起來。

她從莫妮卡手中搶走話筒，拔掉電話線。

「莫妮卡！妳知道自己在做什麼嗎？」

「在下才想問妳呢，妳到底明不明白？」

在高級飯店的一間房內，緹雅和莫妮卡互相瞪視。一旁，愛爾娜和安妮特默默地旁觀，但是現在無暇顧慮她們。

緹雅揪住莫妮卡的前襟。

「我問妳！妳想舉發瑪蒂達小姐是嗎？」

莫妮卡的表情泰然自若。

「那當然。她可是偷偷潛入這個國家的間諜，是咱們的敵人耶？」

「她是安妮特的母親啊！」

「這能夠當成贖罪券嗎？」

莫妮卡的正確判斷好可恨。

沒錯，加爾迦多帝國正利用間諜，不斷侵略這個國家。就連不久前，殘忍的刺客「屍」也還在這個國家活動。瑪蒂達說不定也是會對這個國家造成威脅的人物，而少女們身上背負著防止此事發生的使命。

可是——

緹雅望向後方，確認安妮特的表情。她似乎也感到驚愕。平時的笑容從臉上消失，瞪大了眼睛僵在原地。

「反正遲早都得告訴安妮特。」

像是揣測出了緹雅的心思，莫妮卡笑道。

「責怪在下現在讓她知情，這未免太不合理了。」

她彎下腰從緹雅手中掙脫，旋即將腿一掃。緹雅甚至來不及防守，就這麼跌在地上。

「妳冷靜一點啦。」莫妮卡整理衣領。「在下只會先找克勞斯先生商量。這不是身為部下應有的舉動嗎？完全沒有理由遭受責難。」

「可是，那麼做……」

根本無法讓人心安。

就只是把問題推給別人而已。

「意思是，假使老師下令，妳就要舉發瑪蒂達小姐嗎？」

「應該吧。咱們不必採取任何行動，只要告訴陸軍她在哪裡就好。」

「母親會遭受拷問，最後還可能會被殺死。妳要安妮特接受這種事情嗎？」

「是啊，怎麼了嗎？」

面對莫妮卡一派輕鬆、不以為意的態度，緹雅的腦袋被幾乎沸騰的激情所充斥。

為什麼她總是這樣故意惹怒別人？

身而為人，她肯定有某個地方出了問題。

正當緹雅準備在那股衝動下出言反駁，別的說話聲傳來。

「一定……一定可以的呢！」

是愛爾娜。

她的眉毛扭曲，一副泫然欲泣的模樣。

「老師一定可以想到很棒的解決方法呢。想出姊姊們不用吵架，就能解決問題的點子呢。」

「喔，愛爾娜說得好。」莫妮卡拍手。「就是啊，妳說得太棒了。他可是克勞斯先生，一定會做出咱們想不到的完美結論啦。」

「不要信口開河！」

緹雅忍不住怒吼。

愛爾娜嚇得肩膀一顫。

「妳們兩個其實很清楚吧？知道這話根本毫無根據。」

如果要論可能性，那麼當然是有。

克勞斯會找出所有人都能接受的結論。這是多麼輕鬆的未來啊。

可是——如果不是這樣呢？

緹雅回想起克勞斯俯視屍的冷酷眼神。

當然，緹雅也很清楚他有愛護同伴的一面。但是身為間諜，無情盤問抓到的間諜才是正確的行為。

是讓瑪蒂達活著，還是殺死她——無從得知克勞斯會作何判斷。

「燈火」至今從未面臨過如此細膩的問題。無法推測他的結論會是什麼。

不能隨便仰賴克勞斯。

「那不然，妳要怎麼做？裝作沒看見嗎？」

莫妮卡揶揄笑道。

「那樣也好啦。反正照這個情況來看，就算不管她，陸軍應該遲早也會將她逮捕。」

「！」

一如莫妮卡所言，街上有無數陸軍在嚴密監視著。

被捕只是時間早晚的問題。不管是對外情報室還是陸軍，對待間諜的方式想必都一樣。瑪蒂達會在受到拷問後，遭到殺害。

「在妳又說出天真的妄言之前，在下先警告妳。」

莫妮卡說。

「妳如果援助瑪蒂達，就等於是背叛祖國。也就是背叛『燈火』。」

「……！」

「不過嘛，最應該詢問意見的人不是妳。」

將視線從支支吾吾的緹雅身上移開，莫妮卡望向沉默的少女。

「安妮特，妳應該明白吧？」

被點名的安妮特面無表情地呆站著。

「本小姐……」

她的嘴唇動了。

「本小姐…………」

似乎想要說些什麼。可是，話卻遲遲沒有接下去。

實在是看不下去。

看不下去莫妮卡逼迫她做出殘酷的決定——質問她是否有拋棄母親的覺悟。

「夠了。」緹雅站在她前面。「我承認妳說得都對。可是，那完全就是暴力。一般人才剛得知那樣的事實，有辦法馬上說出『嗯，說得也是』這種話嗎？」

「那好吧，在下就看在安妮特的份上，寬限妳一天。」

莫妮卡一臉沒趣地嘆氣，開始準備外出。

大概是打算四處奔走，收集情報吧。她不是那種會因為顧慮他人，而識相地離開現場的人。

「不過，明天晚上在下會和妳聯絡。那是最後期限。」

少女們早就預定隔天晚上要回到據點。一如她所言，那是最後期限。

「緹雅、安妮特，請妳們務必做出身為間諜的正確選擇。」

莫妮卡留下的最後一句話中，帶著彷彿撫過頸根的冰涼感。

「畢竟雖說是叛徒，但要收拾掉同伴還是讓人很難受的。」

那是初次從同伴身上感受到的——殺氣。

莫妮卡離開後，緹雅在房裡重重嘆息。她就近找了張椅子坐下，垂頭喪氣。

（事情怎麼會變成這樣……）

她不記得自己犯了什麼錯。

她一直竭盡所能。會讓安妮特和母親見面，不僅是為了本人的幸福著想，也是為了「燈火」好。她懷著身為間諜的尊嚴，盡己所能地守護崇拜對象所深愛的國家。

然而這樣的我是叛徒？這簡直太荒謬了。

（為什麼莫妮卡老是比我占上風啊……）

不，這份煩躁感是嫉妒。

是醜陋的遷怒。可是，緹雅仍情不自禁這麼覺得。

為何比起為了團隊盡心盡力的我，個性無拘無束的她更能靈巧地活著呢？

緹雅甩開雜念，喃喃地說。

「……………安妮特。」

語氣疲憊得連她自己也感到吃驚。

「莫妮卡說的也是事實，這是妳的問題。妳要找老師商量也可以，不過，到時妳有可能會再也見不到瑪蒂達小姐。妳想要怎麼做？」

安妮特的幸福必須由她自己決定。

這個想法至今依舊沒有改變。

「本小姐……」

「……想要再見瑪蒂達小姐一面。」

安妮特開口，整個人變得不像平常那麼有精神。

聽了她的回答，緹雅又對自己的判斷重拾信心。

如果她是回答「不知道！」或「怎樣都好！」，緹雅就會感到很灰心。

——某種東西正在安妮特的心中萌芽。

與瑪蒂達的重逢並非不走運。

「嗯。那麼明天早上，我們就再去見她一面吧。」

緹雅輕撫安妮特的頭髮，投以溫柔的微笑。

心情總算開始平靜下來了。

她對在房間一隅發抖的愛爾娜致歉：「抱歉剛才吼了妳。」

「緹雅姊姊……」

可是，她之所以害怕似乎另有原因。

恐怕是那雙泫然欲泣的眼眸預見了未來吧。

「假如安妮特說想要救母親，到時該怎麼辦……？」

緹雅噤口不語，一句話也答不出來。

瑪蒂達住宿的地方評價似乎不太好。

根據調查，櫃檯不會確認外國旅客的護照，也不會追究居留原因。只要入住前先付清住宿費，之後便不會多加干涉，感覺是可疑人士會選擇入住的旅社。待在這種地方，被陸軍查明下落想必也是遲早的事情。

莫妮卡一定是見到旅館的地址後，察覺到瑪蒂達的祕密吧。

緹雅打電話給旅館，約瑪蒂達一早在海邊見面。整齊鋪上石板的美麗散步道上，除了慢跑的人之外，幾乎無人通行。

緹雅和安妮特比約定時間提前許多出門，用雙筒望遠鏡觀察港口。

「本小姐在港口看見好多軍人！」

安妮特以一如往常的純真笑容這麼報告。睡了一晚，她似乎已恢復精神了。

「看來港口果然也被封鎖了……」

以追捕一名間諜來說，實在是好大的陣仗。

瑪蒂達大概是具有威脅性的間諜吧。又或者，只是軍人的士氣太振奮了？

想著想著，瑪蒂達來了。

「啊！緹雅小姐早安。」

「…………嗯？」

瑪蒂達客氣地打招呼的瞬間，安妮特露出疑惑的表情。

才心想她是怎麼了，就見到她把手按在肚子上嘟噥。

「本小姐肚子餓了！待會兒想去麵包店！」

好像只是肚子餓了而已。緹雅二人接受了她的提議。

安妮特領頭走在海邊的步道上，緹雅二人則跟在後方不遠處。

「緹雅小姐，妳們今天就要回學校了對吧？」

瑪蒂達問道。

「我女兒就麻煩妳照顧了。等我把工作處理好之後會再去拜訪妳們。」

她態度和藹地低頭致意。

她所說的工作究竟是什麼呢？

儘管感到害怕，還是不能就此退縮。緹雅握緊拳頭，鼓舞自己。

沒有時間拐彎抹角地反覆提問了。

「我就開門見山直說了。不，我不再使用敬語了，接下來請讓我以對等的立場和妳說話。」

緹雅定睛看著瑪蒂達。

「我朋友找到了妳的護照，但是上面的名字不是瑪蒂達。」

「——咦？」

「告訴我，妳該不會是別國的間諜吧？」

瑪蒂達的臉色發白。看來是被說中了。

之後，她赫然回神，左右張望。

「妳放心，我沒打算通報。」緹雅將「至少現在還沒有」的真心話吞了回去。

「只不過，我想知道妳心裡真實的想法。」

軍人全聚集在車站和港口沿岸，位於中間的海邊散步道上沒有半個軍人。

緹雅是為了讓雙方可以放心交談，才特地選擇在這裡見面。

「告訴我，瑪蒂達小姐。妳究竟是什麼人？」

「我、我才想問緹雅小姐妳們是什麼人呢。」

「不要打馬虎眼，請先回答我的問題。」

「……………就如同妳所猜測的。」

她像是放棄似的嘆了一聲。

「我是加爾迦多帝國的間諜。因為沒辦法在女兒面前使用假名，才會說出我的本名瑪蒂達。四年前，我和女兒分離的事情也是真的。」

據她所言，她原本是帝國的技師。可是丈夫早一步去世後，她頓失撫養女兒的收入，於是便自願成為間諜當作副業。她被別國的機械製造商僱用，負責運送資金給正潛伏於他國的間諜。

「比起單獨行動，和女兒一起比較不會被周遭其他人起疑。但是，我完全沒想到最後竟然會在外國遇上鐵路事故……」

「原來妳帶安妮特到職場是那個緣故啊。」

「是的。後來，我以為女兒已經喪命，整個人變得有氣無力，就這麼隨波逐流地繼續當間諜……我大概就是因為這樣才會失敗吧。」

瑪蒂達自嘲地笑著說。

「淪落到工作用具被人偷走，又在驚慌失措之際被陸軍包圍的這種下場。」

儘管彼此是敵人的立場，還是覺得這樣的遭遇太倒楣了。

「那個，但是，緹雅小姐，請妳千萬不要誤會了。」

「誤會什麼？」

「我的確是說了謊沒錯，可是和這孩子重逢時，我真的覺得這簡直就是奇蹟。想要帶回女兒的心情也是千真萬確。」

「……真的嗎？妳所愛的女兒，會不會和現在眼前的安妮特是不同人呢？」

緹雅故意不懷好意地問。

「她失去了記憶，況且妳們也分離了四年之久。」

「不，這和過了多少時間無關。」

瑪蒂達泛起微笑。

「——這孩子沒有變。即使性格稍有不同，即使沒有了記憶，但她依舊是我的女兒。」

瑪蒂達以溫柔的目光，望向走在前方的安妮特。

安妮特可能也聽見她的話了，只見她的頭動了一下。

瑪蒂達發出輕笑。

「我答應妳，等我回到本國，一定會辭去間諜的工作，和女兒一起安穩地過日子——再也不分開。」

緹雅摩擦指尖，想為內心的情感尋找出口。

這是件幸福的事。應該是值得開心的事情才對。失去記憶又出身不明的安妮特，即將接受來自母親的愛。內心會騷動不安，大概是因為瑪蒂達是帝國的間諜吧——

唯有一件事情想要確認。

「可是話說回來，妳有辦法順利回國嗎？」

「這……」

瑪蒂達像是要吐出肺部所有空氣般，大大地嘆了口氣。

「……這該怎麼辦才好呢？」

「妳一個間諜怎麼會說這種話啦……」

「我只是負責送貨的車手，是連人都沒殺過的菜鳥……雖然向本國請求救援好幾次了，卻始終被無視……看樣子，我大概已經被拋棄了。」

她的喃喃聲中滿是絕望和空虛。

「說實話，我已經沒有時間再拖下去了。我打算明天就要放手一搏。因為再這樣下去，我一定會被陸軍找到。」

瑪蒂達握緊拳頭。

「但是，如果有和這孩子一起生活的未來在前方等著，我就能努力下去。」

「…………這樣啊。」

緹雅有氣無力地回答。

緹雅宣稱自己沒有食慾，沒有跟著進去麵包店，而是獨自坐在外面的長椅上休息，遠遠望著那對母女融洽地挑選麵包。

緹雅發現自己的雙腿抖個不停。

是恐懼。害怕自己即將犯下的過錯。

（要是瑪蒂達小姐是壞人就好了……這種想法實在太差勁了……）

一籌莫展。這樣下去，瑪蒂達會遭到拷問，然後被殺死。

那麼，假使我對瑪蒂達伸出援手——

（這麼一來，我就會以叛徒的身分……被莫妮卡殺死。）

——同伴之間的分歧是團隊的關鍵。

克勞斯是這麼說的。不，他也許是拿「紅爐」的話來現學現賣吧。

（這句話根本就是謊言……價值觀不同的人在一起，分明就只會讓團隊瓦解。）

那位紅髮間諜究竟是抱著何種想法，說出這番話呢？

（我到底該怎麼辦啊，紅爐小姐……）

緹雅再次讓思緒馳騁。

懷想自己所崇拜的對象，也就是帶領克勞斯的「火焰」的老大——

那名少女是某報社老闆的千金。

那是一家自工業革命時代起，至今繁榮超過百年的大型企業。在迪恩共和國是歷史第二悠久的企業，主要受到保守派的知識階級支持。戰後，該報社批判追求徹底改革以鞏固勢力的左翼派，成為促成踴躍議論的一項助力。

所以，少女才會在十一歲時遭到綁架。

報紙是能夠和收音機比美的大型媒體，因此少女的雙親握有足以改變世間輿論的信賴度。而這充分構成了外國間諜對少女下手的理由。

於是，少女品嘗到了絕望的滋味。

遭到綁架的少女被監禁了超過兩星期，受到好比被關進籠內的動物般的對待。她的衣物被剝掉，只穿著單薄的內衣倒在冰冷的地板上。房間內充滿著臭味，因為她平時只能用角落的水桶來排泄。就連起初見到少女的肢體，露出下流笑容、負責餵食的男人，近來也對她投以厭惡的目光，一天只提供一次麵包和水給她。大概是兩週沒洗澡的身體，看起來骯髒無比的關係吧。

——好想死。

對從小受盡寵愛的少女而言，這樣的痛苦教人難以忍受。

房間外面傳來陌生的語言。自己好像是被綁架到國外了。完全無法奢望自己國家的警察和軍人會來救自己，因為這裡已經超出祖國的權力範圍。

——一切都完了。

就在她連眼淚也流乾時，忽然從房外感應到某人的視線。交談聲傳來。對方好像是少年和女性，但是聲音很模糊。不過聽得清楚又如何呢？反正我都要死了。少女絕望地閉上眼。

隨後，爆炸聲響起。那是彷彿要從根部顛覆整個世界的暴力聲響。

少女錯愕不已。

沒多久，門被打開了，門口站著一名紅髮女性。長髮搖曳，再加上那鮮明強烈的髮色，簡直就像一團火焰。那是一名年齡不詳的美女。

「————！」

令少女驚愕的不只是那名女性的出現，還有發生在她身後的慘狀。

十個男人慘死的屍體。

監禁少女的男人們顏面皆遭到粉碎，看得出來是受到壓倒性的武力蹂躪。疑似領導人的男人頭上還插著一根鐵條。

『妳就是——小妹妹？』

紅髮女性這麼對少女問道。

儘管站在淒慘的現場，她的身上卻沒有濺到一滴血，自然也就讓人不感到害怕。

少女微微點頭。

『很好。我的同伴現在正闖入敵人的隱密據點，相信背後一定有策劃這起綁架的幕後黑手。在查明真相之前，我要把妳藏起來。』

沉默。

『妳沒辦法說話嗎？』

點頭。

『這樣啊。是綁架造成的衝擊嗎？』

點頭。

『什麼都好，妳在腦中想一個句子。』

——這個人在說什麼啊？

『這個人在說什麼啊——妳臉上是這麼寫的。沒錯吧？』

——咦？

『幸好我有類似的經驗。幾年前，我的同伴撿了一個不會讀書寫字，也不會與人對話的少年回來。剛認識時，我都是看他的表情和他溝通的。』

——是這樣啊。

『不過也因為太寵他了，結果害那孩子到現在還是不善與人對話就是了。』

好奇妙的女性。居然能讓人明明身處極限狀態，卻自然而然地不再緊張。

『…………』

紅髮女性一臉訝異地注視著少女。

『我是因為職業的關係才擅長解讀別人的表情，不過妳好像也有某種特殊的能力？』

——妳果然看得出來。

——我只要與人互相注視，就能稍微解讀對方的心。

『哦，妳很厲害呢。』

——但是我幾乎不會使用，因為別人會覺得我很可怕。

『既然如此，妳要不要試著讀讀看我的心？』

——可以嗎？

『因為我很好奇妳會看到什麼嘛。』

紅髮女性蹲在少女面前，和她視線相對。少女的身體明明骯髒不堪，她卻絲毫不覺得嫌惡。

互相注視三秒後，感到錯愕的人是少女。

——妳有一顆非常美麗的心。

『是嗎？真開心。』

少女感應到的，是替人們著想、極其單純的野心。

——妳究竟是什麼人？為什麼有辦法找到這裡？

紅髮女性面露淺淺的微笑。

『我是間諜。只要是為了保護妳，我什麼都做得到。』

這便是後來得到緹雅這個名字的少女，與「紅爐」之間的相遇。

少女被移送到安全的房子，和那名女性共處了約莫十天。

她好像有好幾名同伴，可是不知為何都沒有出現在少女面前。由於可以從房間外聽到吵架聲，所以應該有好幾個人才對，但是那些人全都不會來探視緹雅，照顧緹雅的工作都是由紅髮女性負責。

只要少女覺得無聊，女性便會來探望，並且說間諜的事情給她聽。

即便是機密情報，她也照樣毫不隱瞞地說出來。像是影子戰爭、名為「火焰」的組織、挑戰過的任務，還有三年前加入的沉默少年成長得有多快速等等。

緹雅提出的問題她也都會一一回答。儘管緹雅完全不說話，紅髮女性也能夠理解問題的內容。

——妳為什麼要當間諜呢？

紅髮女性用手掩口，苦思一會後答道。

『大概是為了讓戰爭進入到下一個層級吧？』

——我不懂妳的意思。

——戰爭不是已經結束了嗎？

『不，戰爭是不會結束的。紛爭不會從人類史上消失，因為鬥爭是生物的宿命。不過呢，以人類來說，鬥爭的形式是可以改變的。』

——改變？

『規則會改變。戰爭就某方面而言，就像是一場依循著某種規則進行的遊戲。而人類史便是在反覆地修改規則中形成：產生領土的概念，產生國境；出現主權國家，出現條約，然後又出現國際法。人類便是在那個架構中，反覆地進行鬥爭。』

——感覺好像運動一樣。

『這麼輕易地做出總結，對戰爭的犧牲者很失禮呢。不過，妳說得倒也沒錯。人類因為疲於鬥爭，於是決定採取新的規則。世界大戰結束之後，接著上演的是間諜之間的戰爭。但是，總有一天當人類彼此爭鬥到了最後，這場戰爭也終將改變形式。』

紅髮女性舔了舔嘴唇。

『反而當間諜停止爭鬥時，世界又會回到殺戮和虐殺的時代。』

——如果停止爭鬥，世界大戰又會再度掀起？

『而我的職責就是阻止那種事情發生。』

——好厲害。妳拯救了世界。

『嗯。其實啊，我本來不是想當間諜，而是想當英雄喔。』

——英雄？

『間諜能夠救的就只有自己國家的國民，可是英雄能夠救更多人，不是嗎？』

聽了她充滿自豪的口吻，回過神時，緹雅已脫口喃喃地說。

震動自己的聲帶，說出——『我也想變得……像妳一樣。』

『哎呀，妳的聲音恢復了？』

紅髮女性瞇起雙眼。

『妳該不會模仿了我的語氣吧？』

——因為感覺模仿妳的語氣就能夠恢復聲音。

——而且這麼一來，我就能接近妳了……？

『……………』

她大概會以為自己在開玩笑，對自己發火吧。

但是，紅髮女性卻深深地頷首，輕撫緹雅的頭。

『如果是妳，妳一定能夠超越我。』她的雙唇間吐出這番話。『既然如此，雖然能教得不多，就讓我來親自指導妳吧。』

少女沉醉在從她手掌傳來的暖意中。

回憶起過去那段時光，緹雅自然而然地泛起微笑。

（雖然現在想想，她那個人也不是只有溫柔，感覺還有些激進就是了……）

即使現在長大了，緹雅仍無法完全理解她的想法。她強調爭鬥，而且儘管深愛著人類，有時卻也可以毫不猶豫地殺人。可是，在她內心根源的，卻又是想要拯救更多人的野心。她究竟是如何面對那份矛盾的呢？

每當懷念她時，緹雅心中總是滿懷憧憬。

那副為了理想，背負龐大責任勇往直前的模樣，令人嚮往——

光憑善良和漂亮話無法改變世界。她有著自己所缺乏的勇氣。

「緹雅大姊！」

當緹雅還沉浸在回憶裡，安妮特冷不防出現在眼前。

她好像已經和瑪蒂達結束對話了。可以見到瑪蒂達在遠處，朝著緹雅揮手離去的身影。親子時間已經結束。

「這是本小姐給妳的獎品！」

安妮特將某樣東西塞進緹雅口中。

好像是巧克力丹麥麵包。應該是她從麵包店外帶出來的。

「本小姐很感謝大姊，所以賞妳這個作為獎勵！」

因為搞不好會窒息，緹雅勉強將丹麥麵包吞下肚。

「謝謝……這麼說來，妳們聊得很愉快嘍。」

「都是託大姊的福！」

安妮特喜孜孜地坐在緹雅身旁，目光依舊追逐著瑪蒂達愈來愈小的背影。

「吶，安妮特。」

「嗯？」

「其實，我也曾經和父母分開過一段時間。雖然只有四星期啦。」

當然，和安妮特的情況相比，那實在算不上什麼悲劇。「燈火」裡，遭遇比緹雅更不幸的少女大有人在。

可是，那份孤獨的恐懼感至今仍刺痛著她的心。

就好比解放她的英雄的光芒，仍留存在心中一般。

「那怎麼了嗎？」

「不，沒什麼。」

那件事沒必要特地說給安妮特聽。那樣感覺像在強迫她似的。

安妮特的問題，和自己的過去無關。

「那麼，請妳回答我。」

緹雅握住安妮特的手。

「妳想怎麼做？妳是想救瑪蒂達小姐？還是——」

大馬路上傳來怒吼聲。

視線前方，上演著緊急車輛和警官呼嘯而過的景象。

（……事件？難道發生什麼事了？）

沒什麼好慌張的。

這座城市裡經常發生凶案。

「……！」

安妮特瞪大雙眼。

察覺她為何露出那副驚愕的表情，緹雅安慰道。

「安妮特，妳放心。」一邊溫柔地摩娑她的手。「瑪蒂達小姐的旅館在另一個方向。」

「…………」

「妳很擔心她對吧？我覺得這樣很好。」

緹雅從她的沉默，領悟出她心中的答案。她大概無法棄瑪蒂達於不顧吧。

緹雅撫摸安妮特的頭，一邊說。

「妳只要依妳所想的去做就好。」

「大姊——」

「妳為什麼要為了本小姐這麼做呢？」

她一時語塞。

好幾個答案掠過腦海。

自己的行動也讓莫妮卡感到無法置信。

因為是同伴？因為心懷憧憬？還是因為想遵從一般的社會觀念？

不，光憑那些像是經過粉飾的漂亮言詞，已經無法說明自己的情緒了。

「因為看著妳，我就有一種『想要那麼做』的念頭。」

這份心情，是從自己的內心根源湧現，絕對無法別開目光不去正視。

「儘管提出妳的任性要求吧，我會接受的。」

安妮特大口吸氣。

「本小姐想要救母親！」

聽了她嘶喊般的回答，緹雅深深點頭。

「嗯，接下來我來想辦法。」

安妮特做出了重大的決定。做出了對十四歲少女來說，難以承擔的殘酷抉擇。

所以，接下來是自己的工作。

打破這一籌莫展的惡夢吧。像理想中的英雄一樣，拯救自己的同伴吧。

林立的大型飯店群底下，聚集著眾多的餐飲店。

面對馬路的店家多半是華麗的餐廳，但是一進入巷子，可疑的店家就多了起來。從鎖定興高采烈的觀光客的俱樂部，到可疑的藥局都有。路邊散亂著被隨意丟棄的菸蒂，刺鼻的惡臭在空氣中飄散。

儘管已是深夜，街上還是有許多店家依然亮著燈。店內大概有試圖搭訕女子的人，以及想在地下賭場孤注一擲、藉此翻身的人吧。

緹雅對那些人產生了奇妙的共感。

她溜出旅館，和莫妮卡走在街上。

今晚少女們不是在一流飯店，而是在廉價的住宿設施過夜。一來是為了隱藏行蹤，二來則是因為之前花太多錢，手頭不太寬裕。沒有人對少女深夜溜上街感到奇怪。

「妳想帶在下去哪裡？」

莫妮卡瞪著緹雅質問。

就在十分鐘前，緹雅受到了她的威嚇。

在旅館寢室內，莫妮卡用槍口對準她，問她「妳要背叛『燈火』嗎？」。

緹雅以會吵醒睡著的愛爾娜兩人為由，向莫妮卡提議移動至別處，於是兩人往無人的方向走去。

不久，她們抵達沒有半個人的小巷子。

在照明燈的昏暗光線下，緹雅開口。

「——我們談談吧。」

那是大樓和大樓間，寬度僅有兩公尺的狹窄通道。

緹雅高亢的音調，在大樓牆壁的反射下清晰地響起。

「……真教人失望。」

莫妮卡雙手一攤。

「也是啦，妳能做的大概也只有這樣了。」

「我認為雙方都沒錯。」

緹雅面對著莫妮卡說。

「我們都各自遵循著自己心中無法退讓的堅持。我不惜扭曲紀律，也想拯救該救的人；妳則不認同例外，為了組織採取正確的行動。我沒說錯吧？我們就只是立場不同而已，應該要彼此尊重才對。」

「妳想表達的就只有這些？簡直無聊透頂。」

莫妮卡一臉煩悶無趣地歪頭。

「所以，妳決定要舉報瑪蒂達小姐，還是背叛團隊了嗎？」

擺在自己面前，宛如惡夢的二擇一。

如果選擇前者，就得犧牲安妮特的願望；選擇後者，那麼就是自取滅亡。

能夠迴避這兩者的方法，只有一個。

「還有另一個選項。」

「啥？」

「很簡單，就是讓妳屈服。只要封住妳的嘴，我們就不必把瑪蒂達小姐交給軍方，我的反叛也不會洩漏出去。」

緹雅優雅地說。

「我們雙方都正確。既然如此，眼前就只有一條路——我們決鬥吧。」

這便是緹雅決定的道路。

——用自己的手，打倒莫妮卡。

假使她拒絕決鬥，就二話不說展開攻擊。

緹雅是抱著堅不退讓的決心，來到這裡的。

「五十分。」

莫妮卡揚起嘴角。

表情看來從容且樂在其中。

「不錯耶，緹雅。在下第一次對妳有正面的評價。」

莫妮卡從懷中取出橡膠球，用右手手指夾住三個球體，左手則舉著小刀。

「如果突襲的話就再加五分。妳打算從正面打贏我嗎？」

莫妮卡瞇起雙眼。

「妳是靠誰達成老師出的測驗？是誰對抗讓妳只會發抖的『屍』？又是誰發現瑪蒂達小姐的真實身分？」

「……我很清楚妳的實力。所以，我們先談——」

「妳我的實力差距可沒有小到能讓妳這麼悠哉喔，可悲的小嘍囉。」

「——！」

不像是和自己同年代的強大氣勢，令緹雅背脊一涼。

（……其實我真的很不想與她為敵。）

她深不可測的，不只是無拘無束的個性和傑出的能力。

莫妮卡的特技——不明。

「燈火」的少女們屬於一點突破型。例如毒藥、變裝、竊盜等，每個人都擁有即使是一流間諜也模仿不來的技能。當然，莫妮卡應該也有自己的特技。

可是，她卻從不公開那是什麼。

不告訴同伴，連克勞斯也不知為何認可她的隱匿行為。

而這一點，正好證明了她的實力強到足以讓那樣的例外為人所接受。
「既然如此，那我就不留情了。」
緹雅帶著微笑，彈響手指。
同伴之間的決鬥開始。
緹雅的第一招——是退後一步，躲在男人背後。
「抱歉啊，小妞。這是女王大人的命令。」
「什麼？」
巷子裡，出現兩名身材健壯的男人。
兩名彪形大漢正好出現在包夾莫妮卡的位置。他們是緹雅白天時經過一番交涉後，納為手下的幫手。職業好像是幫派的保鑣。男人們單手拿著鐵管，面露低級的笑容。
「我說妳啊……」
莫妮卡用呆愣的目光望向緹雅。
「就在下所知，所謂的決鬥並不會找兩個男人來輪番毆打敵人耶？」
「誰教妳我的實力差距不允許我手下留情嘛。」
「妳這個臭賤貨。」
「我就把這話當作讚美收下了。」

緹雅和莫妮卡格鬥不可能贏得了她。

所以，緹雅要用盡計策。她溫柔地愛撫其中一個男人的背，輕聲說道。

「好了，你們誰能成功擊敗她，我就給誰獎勵。如果是阿千的話，我會化身成為保母，用寶寶語好好地哄你。至於阿裕，我會用穿了整整三天的靴子踐踏你全身。別忘了，能夠看穿並且實現你們不可告人的慾望的人——就只有我喔。」

兩個男人像是被雷擊中一般渾身顫抖，舉起鐵管。

「！你們這群變態！」

無視莫妮卡的悲鳴，男人們上前攻擊。

遭到揮舞鐵管的男人夾擊，若是普通人，下場肯定不是只有受傷那麼簡單。

雖然大聲嚷嚷，莫妮卡的態度卻十分冷靜。她拔腿衝向揮舞鐵管的男人。

然後將手裡的橡膠球扔向牆壁。黑色的球融入並消失在夜色中，接著緹雅以肉眼辨識到的，是分別反彈的球準確擊中男人們的側頭部的瞬間。

來自死角的攻擊令男人錯愕，而莫妮卡沒有放過這個可乘之機。

她以小刀的刀柄，精準地敲打男人的下顎。

「解決一個了。」

宛如魔法的一擊。

一如莫妮卡所言，男人彈向後方，仰臥著倒在地上，就此失去意識。

另一個男人從莫妮卡的背後發動攻擊。可是，再次反彈的橡膠球擊中他的顏面，阻礙了他前進的步伐。因此得以避開鐵管攻擊的莫妮卡，朝男人的腹部狠狠一踢。

緹雅從遠處觀察那非比尋常的技術，不禁愕然。

（那是什麼球啊……簡直就像被吸進去似的擊中敵人……）

安妮特所製作的特製品。

內藏鐵塊的橡膠球。

不僅能輕盈地彈跳，一旦被擊中，還能像投擲武器般給予重擊——

（照常理來思考，要讓球反彈然後直擊敵人是不可能的事……！）

如果是直接打中，倒還可以理解。

可是，莫妮卡卻是讓球反彈兩次以上，從男人的死角進行攻擊。

儘管不清楚她的特技為何，還是可以從中看出一些端倪。

——完美推測出角度、反射、時間點的演算能力和精密動作。

「她的腦袋和控制力究竟是怎麼回事……！」

超乎預期的實力。

被踢中腹部的男人勇猛果敢地繼續進攻。

「一切都是為了女王大人！」

「別把在下加入你們的特殊遊戲。」

然而，他卻好比撞上無形的牆一般停止動作。

臉上露出不明白發生什麼事的表情。緹雅同樣不明所以。

在被夜色籠罩的小巷裡，線一樣的物體反射了街燈的光線。是鐵絲。鐵絲纏繞住男人的手臂，將他的右臂和左腿束縛，使其動彈不得。

鐵絲大概與鐵球相連吧。在牆壁和地面反彈的橡膠球，在不知不覺間布下了鐵絲網。

男人宛如一隻不幸落入蜘蛛網的蝴蝶，只能不住發抖。

「好了，結束。」

莫妮卡用小刀刀柄毆打男人的下顎，將第二個男人也徹底擊敗。

只花了短短一分鐘，就撂倒兩名彪形大漢。

「……讓在下確認一下，妳的計策就只有這樣嗎？」

莫妮卡將四散的橡膠球收回。

「若真如此，那就沒什麼好比了。不然這樣好了，妳就儘管用槍吧，別客氣。」

「真是好大的口氣呀……」

緹雅不可能在有許多軍人駐留的城裡開槍。況且，緹雅事先準備好的計策也不是只有這個。

她背對敵人，開始以全速狂奔。她必須引誘對方跟上來。

一如預期的，莫妮卡朝奔跑的緹雅追了過來。她不可能沒有察覺這是陷阱，大概是打算正面突破吧。莫妮卡的自尊不可能允許自己退縮。

論身體能力，莫妮卡勝過緹雅。

在快被追上的前一刻，緹雅用刀背敲打了路上外露的水管。水管在些微的震動下破裂，水突然就朝後方的莫妮卡噴射。

「——！」

莫妮卡的咂舌聲傳來。

莫妮卡即刻後退，迴避水柱。

「……也對，因為妳已經將愛爾娜納為手下了嘛。」

「麻煩妳說是協助。」

快要破掉的水管——所有潛藏在城市裡的不幸，愛爾娜無時無刻都能親身感應到。

「還有，安妮特也是。」

緹雅按下藏在口袋裡的開關。

下個瞬間，莫妮卡腳邊的磚頭——外觀偽裝成磚頭的炸彈炸裂。細小的石頭碎片如霰彈槍般襲向她。

莫妮卡將身上的兜帽如斗篷般一甩，巧妙地避開小石子。

好可惜。只差一點就能讓莫妮卡受傷。

但是，不要緊。愛爾娜和安妮特提供的計策還多得是。

「這場決鬥實際上是三對一。妳就好好欣賞安妮特和愛爾娜的能力吧。」

莫妮卡一邊拍掉衣服上的汙垢，一邊嘟噥著「真麻煩」。

緹雅並不覺得自己卑鄙。

和許多人進行交涉，結為同伴——這便是緹雅的作戰方式。

準備已經就緒。偽裝成磚頭的炸彈、在些微震動下壞掉的水管、藏在鐵桶裡的氣體武器、凶猛老鼠萬頭鑽動的排水溝——得到兩名強而有力的夥伴，緹雅在這條巷子裡擁有壓倒性的優勢。

「投降吧。我其實也不想讓妳受傷。」

「嗯？可是在下想姑且挑戰看看耶。」

莫妮卡的表情不為所動。

儘管形勢對她極度不利，然而她似乎並不打算投降。

「……坦白說，我實在不懂妳為什麼要抵抗。」

緹雅的口氣十分不悅。

沒有要任何心機，那是她完全發自內心的感受。

她從莫妮卡的態度感覺不到作為間諜的熱情。

有的就只是瞧不起同伴的乖僻言行。

「輕視同伴、找同伴的碴，又總是嚴厲地講一堆大道理──」

緹雅瞪著她。

「──妳究竟是為了什麼留在『燈火』？」

「在下為何非得告訴比自己弱的傢伙不可？」

也不回應對方認真提出的疑問，莫妮卡輕輕揮了揮手臂，結果某樣東西從袖口跑了出來。莫妮卡握住那樣東西，以乾脆俐落的動作投擲出去。

（又是利用反彈進行攻擊……？）

大概是要使用橡膠球，從死角進行攻擊吧。

（可是，我已經見過這招好幾次……對我已經不管用了……）

緹雅擺出應戰架式，一面觸碰手裡的遙控器。

「我勸妳住手。妳要是再抵抗，就別怪我啟動陷阱──」

「沒用的，在下已經全部識破了。」

在安妮特的炸彈炸裂前一刻，莫妮卡迅速採取了閃避行動。

──預測。只能以這二字形容的動作。

雖然不知理由為何，不過緹雅發覺莫妮卡的攻擊模式變了。

——必須馬上離開。

緹雅再度轉身的瞬間，一個陌生的物體闖進她的視野。

（鏡子？）

一面鏡子插在小巷的牆壁上，固定在那裡。

幾秒鐘前應該還沒有那面鏡子才對。可能是莫妮卡扔出來的吧。

（原來如此。莫妮卡是利用這個掌握陷阱的位置——）

思考遭到強制中斷。

視野忽然染成一片雪白。是光。鏡子反射出的強烈閃光刺入雙眼。

（然後計算出鏡子的反射角度——！）

眼前一花，不由得停下腳步。

接著襲向緹雅的，是對腹部的衝擊。

「結束了。妳真的完全不行耶。」

莫妮卡的拳頭狠狠擊中緹雅的太陽穴。那是她又另外補上的一擊。

遙控器掉落在地。緹雅渾身無力地癱倒在小巷裡。

——太強了。

利用反彈的攻擊手段，以及探敵手段的多樣性。程度差太多了。

緹雅只能按著肚子、大口喘氣，忍受劇烈的疼痛。

「在下本來還希望妳用槍呢。」莫妮卡聽似煩悶無聊的說話聲從頭頂上方傳來。「這麼一來，根本沒辦法當作訓練。」

「訓練……？」

「因為之前沒能打贏那個屁，實在教人心煩意亂哪。」

緹雅不禁啞然。

相對於因為任務達成而安心的自己，原來莫妮卡心裡一直覺得不甘心。

（……她和我的立場截然不同。）

緹雅咬緊牙根。

即使做了這麼多事前準備，卻依舊不是她的對手。

但是，現在還不能放棄。

（我得逃跑……我太低估她的實力了。靠這個方法贏不了她…………）

她以匍匐姿勢揮舞刀子，企圖攻擊莫妮卡的腳。雖然理所當然被躲掉了，但此舉只是為了牽制。

緹雅在腿中施力，站起身來。得盡可能和莫妮卡拉開距離才行。

隨後，她的手臂被虎頭鉗般強大的力量攫住。她甚至有了骨頭吱嘎作響的錯覺。

「妳以為自己逃得了嗎？」

殘酷無情。

緹雅被拽著手，重摔在牆上。頭部受到撞擊，意識漸漸模糊不清。身體使不上力的她再度癱坐在地。

沒有勝算。莫妮卡的實力在「燈火」之中可謂出類拔萃。

論才智謀略，葛蕾特雖然占有優勢，可是大概會被她誘導進入格鬥戰，然後一敗塗地。若是論純粹的格鬥，席薇亞的實力或許在她之上，但是應該會被她拖進爾虞我詐的騙局之中，徹底擊敗。

沒有弱點的卓越綜合能力。

——牽引著吊車尾集團的絕對王牌。

——「燈火」的最強少女。

「……正因為如此，我才希望得到妳的認同啊！」

緹雅忍不住這麼說。

「因為最認同妳實力的人是我……！」

「妳想動之以情？真可悲啊。」

連抱著必死決心說出的肺腑之言，也對她行不通。該怎麼辦才好？

要是輸了，安妮特的心願會遭到踐踏，而她的母親會被殺死。

但是，現在的緹雅連站著都很勉強，完全沒有辦法打破眼前的困境。

「……妳還想繼續抵抗？勝負明明都已經分曉了。」

莫妮卡對她投以冷漠的目光。

「還是說——妳真的非要沒命了才會醒悟？」

讓人彷彿從身體深處凍結的殺氣。

雙腿顫抖，眼淚快要奪眶而出。

（總之先拉開距離……這次一定要讓她掉入陷阱——）

正當緹雅這麼思考時，某個陰鬱的聲音掠過腦海。

——居然後退了。真沒出息。

屍的嘲笑聲。

沒錯，面對強大的敵人，緹雅唯一能做的就只有害怕。

——妳對自己也太好了。

從前，莫妮卡也曾這麼毒舌批評她。

這是毋庸置疑的事實。緹雅的心太脆弱了。

（……有什麼辦法？和莫妮卡不一樣，我又沒有武器。）

沒有足以推翻雙方實力差距的技術。

互看三秒？敵人哪可能在戰鬥時，還悠悠哉哉地給我時間那麼做？

——只要好好磨練那份特技，妳就能成為比誰都厲害的間諜。

接著響起的，是紅爐的聲音。

「…………！」

——以成為英雄為目標吧。

緹雅緊咬嘴唇。

感覺到有某樣東西在自己體內竄升。

——妳有時心靈還挺脆弱的呢。

最後響起的，是克勞斯的話。

他對感到挫敗的緹雅留下了忠告。

——享受對立吧。

沒錯，他是這麼說的。

——妳應該要敢於和同伴正面衝突。

「——————！」

緹雅激勵自己。

她再次在腿中施力，將雙手伸向莫妮卡的頸子。

「哦，妳打算勒在下的脖子？」

好像成功讓莫妮卡稍微感到驚訝了。但是，緹雅的舉動輕易就遭到壓制。

「比力氣，在下是不會輸的。」

莫妮卡扣住了緹雅的雙手腕。

雙方的兩隻手臂相連，形成只靠臂力互相推擠的姿勢。

但是，光憑緹雅的力氣，根本無法動搖莫妮卡的軀幹，甚至沒辦法碰到她的脖子。她在雙臂中使出最大的力氣，依舊無法靠近莫妮卡的脖子半分。

「妳也該放棄了吧？臭賤貨。」

「……英雄是不會放棄的。」

當雙臂開始發抖時，緹雅臉上浮現一抹笑意。

她已經找到攻略方法了。

不僅超乎莫妮卡的預期，而且能夠彼此衝突。

同時兼顧兩者的武器，就存在於緹雅的體內。那是她順從紅爐的引導，持續磨練至今的絕招。

「我要妳後悔與賤貨為敵。」

彼此正面衝突吧。

就在臂力到達極限時，緹雅做出決斷。

「代號『夢語』——迷惑摧毀的時間到了。」

她放掉施加在手臂上的力氣。

然後大大地展開雙臂，從頭撲向莫妮卡的臉。

不是頭槌。

像是鼻子和鼻子相撞一般——緹雅和莫妮卡唇瓣相疊。

「————！」

莫妮卡瞠目結舌。

不是像情侶那樣閉上雙眼的浪漫親吻。突然間遭人奪去雙唇，任誰都會錯愕地瞪大眼睛。尤其如果那個親吻伴隨著鼻子和鼻子相撞的疼痛感，那更是如此。

確實讓視線相對了！

看來即使是莫妮卡，此刻腦筋也是一片混亂。感覺得出來她全身僵硬。

沒一會兒，莫妮卡開始掙扎，但是緹雅使出渾身力氣扣住她的臉。

不久，她被莫妮卡的強大力量推開，身體狠狠地撞上牆壁。

「殺了妳殺了妳殺了妳殺了妳殺了妳殺了妳殺了妳殺了妳殺了妳殺了妳！」

莫妮卡一邊擦拭嘴巴，一邊機關槍似的說著。

「在下要殺了妳！」

她取出決鬥時沒有使用的槍，將槍口對準緹雅。

緹雅背靠著牆，一屁股坐在地上。

動不了了。已經用盡全身的力氣。即使莫妮卡真的開槍，緹雅也阻止不了她。緹雅大概會被當成骯髒的叛徒，當場處死吧。

但是，她不害怕。因為勝負已定。

「吶，我問妳——」

緹雅開口。

「——妳是不是戀愛了？」

莫妮卡頓時停止動作。

彷彿時間暫停一般，渾身僵直。

「…………喂……」夢囈般的說話聲從她口中溢出。「難不成——」

覺得她那副慌張的模樣實在有趣，緹雅忍不住嘻嘻笑了出來。

終於靠近她的心了。

靠近一直以來設下重重防護的，莫妮卡的核心。

「真是的，應該說之前就有線索了嗎？比如那個戀愛小說？不，不對。」

回想起她的舉動，緹雅左右搖頭。

「妳一直都隱藏得非常徹底，不讓任何人知道、察覺妳心中那份珍貴的愛慕之情。為什麼？

這還用說嗎？當然是因為對方就在身邊啊。」

成功互相注視三秒了。

而緹雅從她內心見到的，是從平時的她完全無法想像的情感，被深深隱藏的願望。

莫妮卡的臉逐漸蒙上絕望的神情。

「妳的表情總算像個人了。這樣的表情比較有魅力喔。」

緹雅接著說。

「妳愛上了『燈火』的某個人對吧？」

莫妮卡喃喃嘟噥。

「殺了妳……」

像是從嘴裡溢出的呢喃。

面對她的威脅，緹雅心中的恐懼早已消失。

「不行啦。這麼做，那個人會傷心耶。」

莫妮卡說那種話只是想討價還價。

她沒有半點想殺緹雅的念頭，根本不需要認真看待。

「妳想要剷除瑪蒂達小姐的動機，是為了保護『燈火』——保護心上人的容身之處吧？因為要是偏袒她，別人有可能會認為『燈火』幫助了帝國的間諜。」

這便是莫妮卡堅持要逮捕瑪蒂達的理由。

緹雅之前一直以為她只是冷淡地做出機械化的判斷，但實則不然。她擺在第一位的，從頭到尾都是「燈火」的成員之一。

為了讓「燈火」存續，於是做出合理的判斷——這便是莫妮卡的信條。

緹雅頷首。

「妳可真是專情啊。」

下一刻，莫妮卡撲上前來。
掐住緹雅的脖子，強行封住她的聲音。
莫妮卡釋放出比先前更加猛烈的怒氣，緊緊勒住緹雅的頸子。
「不准妳……」她的語氣帶刺般尖銳。「——再踏入在下的心。」
感覺像是怒吼，也有如悲鳴。
「…………好，我不會再那麼做了。」
當脖子的壓迫感減緩時，緹雅這麼允諾。
既然她選擇隱藏自己的愛慕之情，緹雅也想尊重她的心情。
「所以，妳就幫我吧。」
「……！」
「我會尊重妳的想法，但是，請妳也替我的想法想一想。」
緹雅接著說。
「妳覺得妳喜歡的人會希望妳做出何種選擇？妳真的認為，對方會贊成妳對瑪蒂達小姐棄而不顧嗎？」
「…………………………」
莫妮卡默不作聲。

她放開緹雅的脖子，就只是站著不動。

假使莫妮卡拒絕協助，緹雅只能把她的愛慕之情當成弱點來威脅她；又或者，反過來被怒火攻心的莫妮卡殺害。到時，背負殺害同伴罪名的她，恐怕是不可能實現戀情了。

雙方的立場對等。這是藉由爭執、衝突，好不容易建立起來的關係。

「…………………………………………………………可惡！」

經過一段漫長的沉默，最後才聽見語氣中滿是不甘的說話聲。

那是小到除非豎耳傾聽，否則就聽不見的細小呢喃。

「……第一個條件。」

莫妮卡深深嘆息，豎起一根手指說。

「不准告訴任何人在下的祕密。」

「那當然。我不會再提起這件事，也不會去追究對方是誰。」

這個話題儘管令人好奇，還是應該忍住絕口不提。

莫妮卡豎起第二根手指。

「第二個，假使妳的行為快要被陸軍發現了，在下會即刻將瑪蒂達移交給陸軍。為了保護『燈火』，這一點在下絕對不能退讓。」

「好，還麻煩妳務必那麼做。」

緹雅反倒希望莫妮卡能幫忙監視。

莫妮卡豎起第三根手指。

「第三個。」

「妳的條件還真多耶。」

「……就是那個。」

「嗯？」

「呃，總之就是那回事。妳應該懂吧？」

她一下子變得含糊其詞。

「咦？我不懂妳的意思啦。到底是什麼？麻煩妳說清楚一點。」

莫妮卡的臉頰微妙地泛起紅暈。

過了一會兒，她才終於一臉難為情地開口。

「…………不要告訴別人妳和在下接吻的事情。」

緹雅強忍住想要噴笑的衝動。

她感覺自己彷彿聽見了百年難得一見的語氣。

「……我考慮一下。」

「妳要再打一架嗎？」

「開玩笑的啦。要是再和妳打一次，這回我肯定會沒命。」

「若是妳能遵守這三個條件……」莫妮卡嘆了一聲。「那好吧，在下投降。」

她舉起雙手。

緹雅不知為何模仿了克勞斯的語氣。

「——好極了。」

她輕吐口氣，仰望夜空。感覺疲憊極了。

沒有贏過莫妮卡的真實感。

她只是再三做好準備，確定好地點和時間，然後在對自己有利的狀況下，總算將莫妮卡帶上談判桌而已。而在戰鬥過程中，對方顯然沒有發揮全力。

可是，緹雅的心中百感交集。

我總算打敗莫妮卡一次了——真想就當作是這麼回事。

返回旅館的路上，緹雅和莫妮卡並肩而行。

途中，莫妮卡喃喃地說。

「老實講，以在下的角色來說，這麼做是錯的。」

這話什麼意思？緹雅不解地看著她，於是她小聲地解釋。

「克勞斯先生也說過，同伴之間的分歧是團隊的關鍵。這一點在下非常清楚。因為『燈火』所有的成員都一樣，大家都太欠缺冷酷了。」

「……或許是吧。」

「妳們太天真了。這次也是一樣，其實在下應該要撇除私情，擔任阻止的角色才對。」

「…………」

「就算不惜打斷妳的腿也是。」

「妳就不能用溫柔一點的方法阻止嗎？」

「一定會遇上困難的啦。」莫妮卡嘀咕。「——當利用這份天真的敵人現身之時。」

莫妮卡的擔憂不無道理。事到如今，緹雅已能夠冷靜地接受她的分析。不是挖苦，她確實一針見血地指出了團隊的弱點。

緹雅本人很清楚自己背離了間諜的常識。

其他同伴也不像是能夠不假思索地殺人的類型。說是弱點，這或許是弱點沒錯。

倘若哪時候克勞斯不在，確實必須有某人來接任冷酷的角色。

只不過，有一點緹雅現在就能斷言。

「可是莫妮卡，妳不適合扮演冷酷的角色啦。」

「啥？」莫妮卡用煩躁的口氣反問。「為什麼？」

「因為我見過妳的心，所以有辦法這麼說。妳是無法完全割捨掉情感的。」

她一定無法徹底狠下心來，直到最後一刻都還是會懷抱著情感。

——一味隱藏、專一不變的愛慕之情。

因為懷著那份愛意的她，一定能夠理解他人的感情。

「大家一起去餐廳時，妳不也替安妮特好好打扮了一番嗎？不管怎麼說，妳都沒辦法完全割捨掉情感啦。」

莫妮卡一臉尷尬地加快步伐。

「…………所以才會有問題啊。」這樣鬱悶的說話聲傳來。

現在的她，說不定正為了自己的感情不知所措。

緹雅二人回到旅館，原本熟睡的安妮特和愛爾娜已經醒了。

好像是發現緹雅二人離開房間，於是醒了過來。她們心裡大概很不安吧，只見兩人難得沒有吵架，和睦地並肩坐在床上。

「姊姊！」一對上眼，愛爾娜便問道。「妳們沒事吧？」

在她身旁，安妮特同樣神情緊張，默默地注視著這邊。

緹雅盡可能露出沉穩的笑容。

「放心，莫妮卡說她也願意幫忙救瑪蒂達小姐。」

「莫妮卡大姊！」

安妮特大聲歡呼，撲向莫妮卡。

莫妮卡迅速閃身，閃避她的突襲。

「煩死了，不要撲過來。」

「請不要害臊！本小姐要親妳！」

「拜託不要增加在下的心理陰影好嗎？」

莫妮卡四處逃竄，拚命遠離噘起嘴唇的安妮特。她雖然抗拒得如此激烈，但兩人說不定意外地合拍。

接下來即將展開瑪蒂達的救援行動。

可是，有一件事情必須確認。這次的救援行動，沒有道理拖愛爾娜下水。

緹雅說出自己的想法之後——

「愛爾娜有一個條件呢。」

愛爾娜這麼回應。

「……現在很流行附帶條件嗎？」

莫妮卡剛剛才做過類似的舉動。

愛爾娜伸出食指。

「那就是，希望安妮特不要再欺負愛爾娜了呢。」

指向正朝著莫妮卡噘嘴的安妮特。

「只要安妮特答應今後不再欺負愛爾娜，把愛爾娜當成普通朋友對待，那麼愛爾娜就願意幫忙呢。」

以略快的語速這麼說。

「………………」

眼見愛爾娜對自己開出條件，安妮特先是訝異地發愣，之後才偏著腦袋說。

「本小姐早就把愛爾娜妳當成朋友了啊？」

「……！」

愛爾娜面紅耳赤。

看來她也會加入了。

清晨五點，四名少女來到瑪蒂達居留的旅館。

所幸她還沒有遭到逮捕。

在廉價旅館裡不方便說悄悄話，於是她們將瑪蒂達帶到無人的海岸邊。

她好像對於應該要回家的緹雅等人還留在此地感到疑惑，一再神情訝異地反覆眨眼。

「母親，請辭去間諜的工作！」

率先開口的是安妮特。

瑪蒂達聽了當然「咦……」地愣住了。

「就如安妮特所說的，希望妳能答應這件事。」

緹雅說道。她已經不再猶豫了。

「妳可能已經察覺到了，我們其實是共和國的間諜。」

「……妳們也是同行嗎？」

「是的。所以，雖說妳是同伴的母親，我們還是無法幫助敵方的間諜。請妳務必引退。假使妳能遵守這個約定，我們就幫妳逃亡到國外。」

大概總算感到安心了，瑪蒂達一臉開心地張口吐息。可是，可能是注意到緹雅凝重的表情了，她隨即又低下頭。

「可是，要怎麼逃……？莫非妳們有特殊的管道——」

「沒有。完全就憑蠻力。」

如果有那種方便的人脈，不曉得該有多好。

然而現在能夠倚靠的，就只有在場四人的力量。無法依靠其他同伴和克勞斯。

「靠我們自己突破陸軍的包圍——就這麼簡單。」

緹雅單方面地告知錯愕的瑪蒂達作戰計畫的執行時刻，便與她道別。

走了一小段路後，莫妮卡為求謹慎，於是開口詢問。

「所以，妳沒有向克勞斯先生報告嗎？」

「那當然。」緹雅笑道。「因為他一定會反對我們這麼做。」

莫妮卡聳聳肩。

「如果是這樣，那他現在應該很擔心。因為咱們到了早上還是沒回家。」

緹雅點頭。

她雖然有考慮過要向克勞斯提出虛假的報告，但最後還是沒有那麼做。他能夠憑直覺識破謊言。既然要保護瑪蒂達，就不應該與他聯繫。

「沒辦法，誰教我們——失蹤了嘛。」

「唔哇，好過分。不過，在下好像不怎麼討厭這種事。」

「是四名下落不明者呢。」

「本小姐等人迷路了！」

聽了緹雅的話，莫妮卡頷首附和，愛爾娜笑答，安妮特則哼起歌來。

就這樣，少女們失蹤了。

瞞著老師執行的——少女們的祕密任務。

在太陽終於冉冉升起的清晨展開。

娛樂城正準備開啟漫長的一天。

少女們和瑪蒂達決定逃亡是在五點。

她們無從得知的是——克勞斯和百合將於十二點抵達車站。

然後少女們更無從得知的是，十六點——

一如克勞斯對威爾塔提出的忠告——壞人即將抵達港口。

間章　下落④

the room is a specialized institution of mission impossible
code name bouga

十五點過後，當太陽開始西沉時，克勞斯已掌握到少女們的線索。

位於城市一角的這棟住商混合大樓，是半地下一層和地上三層的建築。一樓是賽馬彩券的代購商店，二樓是金融業者，三樓則掛著可疑的印刷公司的招牌，是一棟很難算得上健全的建物。半地下室的樓層裡看不到任何招牌，做的想必是見不得光的勾當吧。

如今，大樓遭到封鎖，有軍人在周圍監視著，還能見到神情納悶的威爾塔的身影。

克勞斯推開封鎖條，進到裡面。

「聽說這裡發生了殺人事件。」

他一出聲，威爾塔立刻垮下臉。

「喂，你這傢伙不是已經回去了嗎？」

「那種謊話你也信？」

克勞斯確認屋內殘留的血跡。大量鮮血濺滿了整個房間。

「遭到殺害的共有五人。根據警方的資料，這是一場幫派分子之間的抗爭，不過既然你都親自出馬了，莫非此事和間諜有關？」

「……我明明吩咐警方要將事件列為極機密。」

「別做無意義的抵抗了。」

威爾塔嘖了一聲。

「凶器是鋼琴線，恐怕是技術相當高明的詭雷。五名死者的遺體據說全都被割得亂七八糟，死狀十分淒慘。甚至幾乎沒人能保有全屍。」

「看過現場就知道了。這樣的手法不得不說相當殘忍。」

房間內充斥著飛濺的鮮血。遺體雖然已經收拾好了，但是噴濺到天花板上的血跡仍訴說著當時的慘狀。

「——殺人方式和正在搜索的間諜一樣。」威爾塔這麼說。

殺死萊拉特王國的間諜，至今仍在逃的間諜——

正在思考她的真實身分為何時，克勞斯的鼻腔忽然受到了刺激。

「……真奇怪。」克勞斯嘀咕。「這裡有催淚瓦斯的餘味。可是，噴灑的日期似乎和犯行時間不同。」

「嗯？什麼意思？」

「催淚瓦斯是在殺人事件發生的前一天噴灑的。」

看樣子，這間事務所似乎兩度遭到了襲擊。三天前某人噴灑了催淚瓦斯，然後兩天前的深夜，敵方間諜以鋼琴線痛下毒手。

威爾塔一臉莫名其妙地蹙眉。

「根據警方的說法，被殺的五人是靠犯罪謀生的集團。他們以竊盜為始，幹盡了所有傷天害理的事情。大概早就有其他人也對他們懷恨在心吧。」

「……………原來事情是這樣啊。」

克勞斯點頭。

接著隨即準備離開。因為他已經得到所有能夠在這裡獲得的情報了。

「等一下，燎火。」但是威爾塔叫住他。「你發現什麼了嗎？」

「我什麼都不知道。看來這是一起我應付不來的難解案件。」

「這也是騙人的吧？」

威爾塔用嚴厲的目光瞪著他，然後把部下趕了出去。軍人們順從上尉的命令，照他吩咐的離開半地下室。

事務所裡就只剩下威爾塔和克勞斯兩人。

「最近都沒見到『炬光』先生的人影。」威爾塔低聲說道。「他還好嗎？」

那是克勞斯的師父——基德的代號。

「……很好啊，活力充沛到令人困擾。」

「既然這樣，那麼他的格鬥術想必也還健在了。我曾經請他陪練過一次。我雖然完全不是他的對手，不過他稱讚我資質很好。這一點令我感到很驕傲。」

「你究竟想說什麼？」

「我也不是什麼菜鳥，我也感應得出來。」

威爾塔篤定地斷言。

「我感覺到令人戰慄的邪惡。」

「邪惡？」

「真正的邪惡，其實隨時都扮成好人的模樣。以好人的笑容利用無知者，在慾望的驅使下任意蹂躪他人。我能感應到那股氣息，那種存在本身就是個錯誤的極大罪惡。」

「………」

「我們陸軍會確實將其抹殺——把你得到的情報都交出來吧。」

蘊藏著鋼鐵般堅定的正義感的雙眼，牢牢地直視著克勞斯。讓年輕的他晉升到上尉這個位子的強烈意志——必定要將邪惡剷除的尊嚴。

這裡的軍人數量會如此之多，恐怕正是因為他感應到了邪惡吧。

克勞斯左右搖頭。

「——你什麼也沒看到。」

「啥……」

「我認同你的使命感。但是，我有我的立場，你不要做無謂的干涉。」

威爾塔的臉像是著火似的發紅，拳頭也微微地發抖。

「不過就是個情報員……你少瞧不起軍人了。」

「我就再給你一個忠告吧。」克勞斯淡淡地說。「不要把間諜逼到海上去了。小心會被逃掉喔。」

那是克勞斯所能給他的最大建言。

然而對方似乎感覺受到了侮辱，就只是用彷彿要殺人的目光瞪著他。

「居然又吵架了……」

一離開半地下室，就見到百合表情傻眼地等在那裡。她好像偷看了方才的場面。

「妳不要小看我。」克勞斯說道。「我才不會和人起無意義的衝突。」

「咦？莫非你有某種意圖？」

「惹他生氣。」

「結果更惡劣！」

「因為那些傢伙的處境似乎有些不利，所以我才會打擊指揮官的精神。」

儘管如此，這依舊會是一場嚴苛的戰鬥吧。不過，也只能相信他們了。

百合歪著頭，似乎無法理解克勞斯的話。

先把解釋放一邊，有件事情非說不可。

「我要暫時停止追查失蹤的那幾個人。」

「咦？」

少女們目前應該還活著。雖然很想去支援她們，但是眼前有其他該做的事情。

「我們應該處理的，是她們疏忽遺漏的可能性。」

百合大感驚訝。

「你已經曉得真相了嗎？」

「只是隱約察覺而已。」

真是一群離譜的傢伙，克勞斯真想這麼發牢騷。這群部下真會找麻煩。

真相已經拼湊出八成了。只要再多收集一點情報，想必更能斷定事情的全貌。

關於少女們為何會選擇失蹤這條道路——

以及，威爾塔所提及的邪惡的真相——

每天大約有四個時段，客輪會駛抵城市的港口。

其中在十五點造訪的，是所謂的豪華客輪。那是全長超過一百公尺的巨大客輪，最多可乘載五百名旅客。大多數乘客都是來自海外的觀光客，主要以其他大陸免受戰爭損害的富裕階層為中心，不過其中也有戰爭結束十年後，隨著國內復興重振事業的實業家們。

客輪上，等不及抵達目的地的人們興奮喧鬧，然而其中卻有一名男性與眾不同。

蘑菇。

那是任誰乍看都會為之愕然的完美蘑菇頭。凡是與他擦身而過的人無不莞爾一笑，心想「有必要做到這種地步嗎？」。船員替他取了一個「蕈菇人」的綽號，孩子們則指指點點地嘻笑他。

所有乘客都嘲笑，並且記住了他的髮型。

然後——完全不記得他除此之外的外型特徵。

這便是加爾迦多帝國的間諜，名為「白蜘蛛」的男人。

白蜘蛛一來到港口，便對這座城市感到失望。

這裡確實正在發展中，然而卻不是超乎期待的規模。

先前聽說這裡是迪恩共和國數一數二的觀光勝地，結果實際上卻沒什麼大不了，不過就是四處林立著複製帝國文化的大型飯店罷了。儘管受到戰敗的影響而衰退，帝國內超越這裡的觀光勝地依舊不計其數。這大概就是小國的經濟能力的極限吧。

（這個國家果然微不足道。）

白蜘蛛搔了搔後腦勺。

（真麻煩。若是能夠忽視這種小國，那該有多輕鬆啊。）

反正迪恩共和國就只有那點程度。既缺乏經濟能力，對於國際情勢也發揮不了什麼影響力。帝國視為對手的，全是國力比迪恩共和國強上數十倍的大國。甚至沒有派遣間諜潛入的價值。在上次大戰中，迪恩共和國是被帝國當成小蟲子蹂躪的弱小國家。

（可是，他們卻異常致力於間諜教育。）

對外情報室——那是迪恩共和國的諜報機關。

明明是弱小國家的間諜，卻一再讓帝國嘗到苦頭。

帝國與共和國不僅文化和語言相近，人種也幾乎相同，兩國的國土更是彼此相鄰。要派遣間諜潛入帝國，沒有比這更完美的條件了。

迪恩共和國不斷地竊取帝國的機密情報，然後藉著將其賣給大國，來獲取經濟上的援助。換言之就是聯合國派來的監視者。好一個難纏的國家。

間諜強國——那便是這個落後國家的本質。

（本來應該一度摧毀了他們的間諜網才對，豈料復原速度竟比想像中來得快……那些傢伙簡直就是一群害蟲。）

一邊重新思考帝國與共和國的關係，白蜘蛛抵達了目的地的旅館。

感覺沒有受人監視。那人似乎仍成功潛伏於此。

他告訴旅館的櫃檯想要住宿，之後便上了樓，假裝進入被分配到的房間，實則悄悄潛入隔壁房間。

室內，一名臉色蒼白、神情疲倦的女性躺在床上。

她便是白蜘蛛前來會見的人物。在帝國，女人使用的是瑪蒂達這個名字。

她一發覺訪客的出現，立刻瞪大雙眼。

「蕈菇……」

「第一反應居然是那個？」

儘管感到錯愕，但是好在她至少沒有尖叫。帝國的間諜素質果然良莠不齊。

「你是來救我的對吧？」瑪蒂達嘆了一聲。「原來我沒有被拋棄啊。」

「這可難說。」白蜘蛛聳聳肩。「我搞不好只是來殺妳的。」

「咦……」

「我只是順道過來。因為那個叫『潭水』的男人音信全無，所以我才來這個國家，然後在回程路上順便過來找妳。上頭有交代，看是要殺了妳、還是放妳走，全由我來作主。」

白蜘蛛用手槍對準瑪蒂達的額頭。

「我該怎麼做？妳值得我饒妳一命嗎？」

「…………」

「有血腥味。」他從女人身上嗅到屍臭味。「妳最近殺人了？為什麼？為何要在潛伏期間，做出惹事生非這種愚蠢的行為？」

看來她已經沒有用處了。

就在白蜘蛛在扳機上施力時——

「喔呵呵。」

瑪蒂達發出奇怪的笑聲。

「嗄？」心生不快的白蜘蛛出聲威嚇。

可是，瑪蒂達卻繼續陰陽怪氣地笑著。

「喔喔呵呵呵呵呵喔呵呵呵呵呵呵嘻呵呵呵呵呵喔呵呵喔呵呵呵呵呵嘻呵呵呵喔呵呵呵呵喔呵呵呵嘻呵呵呵呵呵呵嘻呵呵呵！」

她用雙手掩著嘴，笑出聲來。

（這個大嬸是怎麼回事……）

白蜘蛛皺著眉頭心想，這時，瑪蒂達忽地止住笑意。

「情況改變了啦～」

「什麼？」

「我是說，現在已經變成不需要救援也能逃脫的情況了。我會殺人與其說是為了復仇，只是因為我有那個興致而已～」

眼見她的說話方式突然變得慵懶，白蜘蛛不解地眨眼。

瑪蒂達接著說明。

「不過，我之前的確是很傷腦筋喔。不但被那群垃圾陸軍包圍，連工作用具也被偷，當時我真的是煩惱到不知如何是好，還想說乾脆冒險把軍人一個個殺掉算了。直到實際採取行動的前一刻，我都很認真地這麼考慮。」

說到這裡，她「嘻嘻」地露出陰森的微笑。

「但是——奇蹟發生了。我遇見了和我闊別多年的女兒。」

「是喔。也就是所謂的感人重逢嗎？真是太好了。」

因為對這個話題不感興趣，白蜘蛛只是隨口應付兩句，然而瑪蒂達卻說得更加起勁了。她指著擺在房間角落的鈷藍色工具箱，接著說：

「我用這個打過她。」

「啥？」

那是看起來非常重的鐵製品。

「我用這個一而再、再而三地反覆毆打我女兒。結果被打到失去記憶、遍體鱗傷後被我丟掉的女兒，現在居然仰慕我，願意幫助我呢～她完全忘了被我毆打的記憶，還口口聲聲地喊我『母親』！連自己被利用了都不知道！」

她臉上帶著恍惚的笑容。

「我女兒真的是又笨又蠢耶！」

看著那副發狂似的表情，白蜘蛛無言了。

這女人已經完了。

雖然不清楚詳細情形，不過她似乎打算利用無知的女兒逃出這個國家。既然如此，那就好。

至少看來她並不需要白蜘蛛的協助。

白蜘蛛做出的判斷只有一個——和她扯上關係只會浪費時間。

他放下手槍。

「……我早知道妳這傢伙很差勁了，不過妳至少也要達到及格分數，把身上的屍臭味去掉吧。那味道重到只要是內行人都聞得出來。」

「是，感謝你的提醒～」

「之後就隨便妳要怎麼做吧。我也要自由行動一陣子再回國。」

幫助孤立的同胞本來就不在他的管轄範圍內。即使瑪蒂達身負重要使命，手中也沒有掌握重要的情報。白蜘蛛真的就只是順便過來而已。

不過在離去之前，他忽然想要確認一件事。

「我問妳，妳難道沒有母愛那種東西嗎？」

「沒有啊～」

瑪蒂達以慵懶的語氣回答。

「因為那孩子令人作嘔。」

像是吐口水般乾脆地這麼說。

於是，舞台準備就緒了。

——「燈火」選拔組。莫妮卡、緹雅、愛爾娜、安妮特。

——威爾塔．巴魯特所率領的陸軍情報部。

——企圖利用女兒逃亡的帝國間諜，瑪蒂達。

——趕赴此地的「燈火」的老大，克勞斯。以及，百合。

——在終局現身的闖入者，帝國間諜「白蜘蛛」。

心機與策略交錯，間諜們的饗宴即將展開。

5章　邪惡與鬥爭

the room is a specialized institution of mission impossible
code name bouga

根據天氣預報，深夜至清晨這段時間將會降雨。

晚上十點，城市上空覆蓋著厚厚的雲層。濕度上升，只要呼吸，喉嚨便感覺潮濕。感覺無論何時開始下雨都不奇怪。

在甚至沒有月光的黑夜之中，三場戰鬥即將開打。

首先揭開序幕的是其中兩場。

◇◇◇

港口周邊倉庫林立。

在貨船的碼頭附近，建有用來暫時保管進口貨物的倉庫，而離那裡更遠的倉庫裡則收藏著老舊的船隻。後者平常已經沒有在使用，好比船隻的屍體安置所一般，堆置壞掉的漁船。

若是平時，任誰也不會在晚上十點接近這裡。

可是此時此刻，軍人們卻四處徘徊，警戒附近一帶。

巴魯特大尉下令各小隊增加夜間的戒備人力，因為他預測差不多已失去耐心的間諜將強行突破。軍人們神情緊張地配備步槍，在附近來回巡邏——這一點已經事先調查好了。

少女們藏身在船隻倉庫內。

「我再重述一遍作戰計畫。」

緹雅對其他少女們說。

「我們只能讓瑪蒂達小姐從這座港口逃走。雖然也有從道路或車站逃離的方法，可是那麼做，除非能夠順利逃出國，否則到頭來還是會繼續遭到追捕。」

出國時間拖得愈久，瑪蒂達的處境只會更加惡化。

只能在今晚作個了結。

「有貨船會在今晚二十三點發船。船上雖然已經堆了許多貨物，不過最後一批貨物深夜才會抵達。我們要引起騷動，讓碼頭工人離開港口去避難，並且誘導軍人，好讓瑪蒂達小姐混入其中。」

安妮特和愛爾娜點頭回應。

在倉庫牆上挖了小洞，負責監視的莫妮卡開口。

「藍色的鐵製貨櫃剛才到了。已經確認是『3—896』沒錯。」

最後一批貨物如期抵達了。

緹雅謹慎地做好最後確認之後，走向在遠處待命的瑪蒂達。

「請問……」

瑪蒂達神色不安地問道。

「真的沒問題嗎？混進貨物內這種事情……」

「以前是不可能成功的。因為是木箱或木桶，人就算想進去空間也太小，所以很難達成。」

「說得也是……」

「不過，這個國家現在也已經慢慢採用貨櫃進行運輸了。港口有一半以上的貨物都是使用人也容易潛伏其中的貨櫃，這對間諜來說可是新的退路呢。」

經過規格化的貨物，對於提升運輸方式的效率做出了貢獻。科學技術以飛躍的速度，不斷將世界各國串連起來，而這也是促成間諜暗中活動的要素之一。

「可是這麼一來，那些陸軍不也會提高警戒嗎……」

「這個時間帶共有四艘貨船會出航，貨櫃的數量非常多。」

其餘三艘還沒有裝完貨，現在碼頭上應該還堆放著無數貨櫃。只要混入其中之一，應該就不會被發現。

「再說，妳要搭的不是開往帝國的船，而是前往萊拉特王國的貨船。」

開往帝國的船班勢必會受到嚴加戒備。因此，先突破包圍網，再經由其他路徑回到帝國才是明智之舉。至於抵達萊拉特王國後要如何行動，就交給她自己決定了。

鐵製貨櫃被設計成無法從內側打開。緹雅將逃脫用的工具交給她，那是五十公分長的棒狀瓦斯噴槍。

「這是安妮特幫妳做的。可以熔斷鐵製的門鎖。」

安妮特只花了幾小時，就做出讓她敢保證「本小姐出品，值得信賴！」的作品。

瑪蒂達憐愛似的握著那把噴槍，身體停止發抖。

這麼一來，計畫就完成最後確認了。

緹雅再次回到莫妮卡身邊。她不知為何瞪大了雙眼。

「…………」一副像在沉思地一言不發，動也不動。

好令人在意的表情。「怎麼了？」緹雅這麼問道。

「……不，沒什麼。」莫妮卡聳著肩膀回答。「在下只是覺得妳看起來比克勞斯先生更有模有樣。如何？當指揮官的感覺怎麼樣？」

「……我已經習慣妳的挑釁了。」

「指揮官的責任可是很重大的。要是失敗了，所有人搞不好都會被處死。」

「拜託不要威脅我……放心啦，我早就做好心理準備了。」

語畢，莫妮卡從緹雅身邊走開，搖搖手一邊說：「什麼嘛，真無趣。」

現在的緹雅之所以不會為了幾句諷刺而動搖是有原因的。

「坦白說，我並沒有那麼擔心。」

「哦，為什麼？」

「我不是一直都這麼說嗎？只要我們聯手就無敵了。」

莫妮卡傻眼地揮手。

「還真是多謝妳的信任啊。」

預定時刻到了。

「啟動了！」安妮特說。

緹雅等人來到倉庫門前，看見碼頭那裡竄出了白煙。白天安裝的裝置啟動了。

用雙筒望遠鏡觀察。

軍人們往碼頭聚集，開始引導碼頭工人避難。強烈的燈光宛如巨人的手臂，在黑夜裡來回掃射。

碼頭上很快就沒了工人，接下來，得設法讓軍人離開碼頭才行。

「真麻煩啊。」莫妮卡拿著望遠鏡這麼說。

「就是啊，有好多軍人。」

「在下不是那個意思。三號碼頭上不是有鏡子嗎？」

莫妮卡事前在碼頭上擺了鏡子。鏡子被偽裝成垃圾，自然地架設在那裡。莫妮卡利用那個鏡子，掌握了整個港口的動靜。

「我用雙筒望遠鏡看不到啦。妳看見什麼了？」

「威爾塔·巴魯特陸軍大尉。他親自來到現場了。聽說他是個才俊。」

「是喔……我是有耳聞他是個好男人，不曉得是不是真的？」

「在下對他的長相沒興趣，不過他確實很有實力。那些軍人在他的指揮下相當團結。」

既然獲得莫妮卡的認同，那人想必是個優秀的人才。

但是無論對方是誰，現在都不能退縮。

正當緹雅準備邁出步伐，率先衝出倉庫時——

「等等！」

愛爾娜撲了過來。她推開緹雅的身體，讓緹雅往旁邊倒下。

——隨後，緹雅腳邊的地面迸裂。

被狙擊了？

察覺到危機的同時，也對於若愛爾娜沒有阻止，自己就會被擊中的事實感到不寒而慄。

（怎麼回事……？所在地點已經曝光了？即使如此，對方是從哪裡狙擊的？）

緹雅再次躲進倉庫內。

子彈插入了地面。似乎是從相當遠的距離外飛過來的。

她的腦筋一片混亂，整張臉也被嚇得面無血色。莫非這也是巴魯特大尉的計謀？不對，應該不是。出乎意料的事態發生了。

一旁，愛爾娜臉色慘白。以前從未見過她如此害怕的模樣。

「現在最好先別出去。」她用沙啞的聲音這麼說。「愛爾娜有非常不好的預感呢。」

「謝謝妳，愛爾娜。」緹雅撫摸她的頭。「不過，情況看來相當不妙啊。」

聲音太大了。

在船隻倉庫附近巡視的軍人起了反應。嘈雜的人聲和腳步聲逐漸逼近。

「冷不防就陷入危機啊。」

莫妮卡伸手觸碰懷裡的槍。

「怎麼辦？這樣下去，咱們會被軍人包圍喔？」

假使繼續留在這座倉庫，遲早會被包圍。

可是無視愛爾娜的警告，現身在神祕狙擊手面前又太危險。

（不幸……現在真想這麼說啊。）

面對迫近眼前的危機，緹雅不由得緊抿雙唇。

第一戰——「燈火」選拔組和威爾塔所率領的陸軍情報部的戰鬥已然展開。

白蜘蛛將視線從瞄準鏡移開，疑惑地偏頭。

「嗯？被躲掉了？這是怎麼回事？」

以針織帽遮住醒目的蘑菇頭，並用大型面具覆住臉孔。儘管白蜘蛛一副顯然就是可疑人物的裝扮，卻沒有人會上前盤問他。

他在港口旁正在興建的飯店裡，以匍匐姿勢舉著槍。

雖然還在施工中，不過他所在的位置相當於七樓。目前只完成了柱子和地板，之後才會施作牆壁。

他手中那把是帝國最新型的步槍，能夠精準狙擊敵人的距離頂多只有三百公尺。

可是，白蜘蛛所潛伏的飯店卻和港口相距一公里。若是平常，在這樣的距離下不可能進行狙擊，但是白蜘蛛自行改造了步槍，使其除了能夠拆解開來攜帶外，還同時具備可作為狙擊步槍使用的超長射程。

抱著步槍——更正，是狙擊槍，白蜘蛛一邊思索著。

聽了瑪蒂達的話之後，白蜘蛛決定不殺她，而是放她一條生路。她女兒及其同伴讓白蜘蛛感到十分不解。

——幫助敵國間諜的間諜？

好古怪的一群傢伙。身為間諜實在太天真了。她們的腦袋究竟是怎麼想的？

——是因為缺乏經驗嗎？

好在意。

浮現在白蜘蛛腦中的，是共和國新成立的間諜團隊。據說，那是由一名男人和七名培育機關的吊車尾少女所組成。

有必要確認清楚。

「算了，就殺死一人看看情況吧。」

他原本打算在她們和瑪蒂達開始行動時開槍射殺。

他狙擊了剛才瞬間見到的少女，卻被對方躲過了子彈。不知是察覺到危機，還是另有原因。反正應該很快又會現身吧。

「既然軍人好像也注意到了，她們應該很快就會出來吧。」

白蜘蛛窺視著瞄準鏡。

「來吧，看是被軍人包圍，還是被我狙殺——妳們就選一個喜歡的吧。」

立於絕對優勢的位置，確實將目標一一殺死。

這便是白蜘蛛的作風。他從不背負多餘的風險。

畢竟，這裡是迪恩共和國，眼前又有可疑的少女。

即使是萬一，他也不想碰到那個絕對不能遇見的男人。

「！」

這時，白蜘蛛感應到殺氣，於是翻身一滾。在這之前，他完全沒能感應到。

沒能感應到在他身後，早已站著一名高挑的男子。

「你發現了啊？看來確實擁有相當的實力。」

那名男子大大方方地露出真面目。

就算被子彈打中也無所謂——他渾身洋溢著那種令人害怕的自信。

「啥？」

白蜘蛛打從心底吶喊著。他雖急忙站起身，雙腿卻不聽使喚地抖起來。

眼前的男人，對那樣的白蜘蛛投以冷淡的目光。

「然後，見了我的臉會有所反應的，就只有帝國的間諜。」

「……別開玩笑了。」

那是一張早就烙印在腦海中的臉孔。

迪恩共和國中最需要提防的對手。絕對不能遇見的敵人。

帝國的情報員好幾度試圖暗殺，卻一再反遭回擊的怪物——

正面入侵布滿陷阱的研究所，奪回生化武器的間諜——

那人在共和國的代號是「燎火」。

「開什麼玩笑啊啊啊啊！這個男人怎麼會在這裡啦啊啊啊啊！」

白蜘蛛拔腿狂奔。他只帶著自己愛用的狙擊槍，其餘工具則扔著不管。

他並非完全沒有預期會與男人碰面。他確實做足了警戒，以防萬一。

但是，他沒料到實際見了面竟會如此可怕。

白蜘蛛飛快地衝向樓梯，但是——

「樓梯已經封住了。」

他停下腳步。

唯一的出口已被顏色看似有毒的泡泡堵住。

（這是什麼泡泡……？）

大量的泡泡堵住樓梯，堆積成一堵牆。大概是「燎火」以外的其他人堵住的吧。那是被無聲無息地製造出來的路障。

他試著用指尖去碰，結果皮膚感覺就要潰爛。是毒物。

猶豫不決。他並非膽敢衝進有毒泡泡池裡的莽夫。

（製造出這玩意兒的傢伙，性格也未免太扭曲了……！）

即使用刀子砍，泡泡也只會分割為二。就算用槍射擊，泡泡也只會彈開然後分裂。

沒有辦法可以突破這道泡泡牆。

腳步聲陰森地從背後悄悄傳來。無處可逃。

「你怎麼會知道我在這裡？」白蜘蛛用顫抖的聲音詢問。

「不自覺就察覺到了。」

態度極其冷漠。

然而，男人的回答中卻充滿著自信。他說的或許是事實吧。畢竟除了直覺外，本來就沒有任何方法能夠得知白蜘蛛來襲。

「為什麼我非得和這種怪物交手不可啊！」

白蜘蛛望天興嘆。

第二戰——來自帝國的闖入者白蜘蛛，與「燈火」的老大克勞斯的戰鬥已然展開。

愛爾娜好像感應到了變化。只見她的鼻子微微抽動。

「危險消失了……呢？」

「這下好辦事了。咱們走吧。」莫妮卡衝了出去。

少女們將瑪蒂達夾在中間保護她，開始移動。看來似乎能夠在被軍人包圍之前出發。為了不被軍人發現，她們小心翼翼地在林立的倉庫縫隙間穿梭前進。見到前方有軍人就停下腳步，轉換方向；被包夾時，則趕緊躲進附近的建物裡。

她們欲前往的目的地是貨船碼頭。

五人之所以能夠在黑夜中逃脫——

「Stop。轉角處有人。」都是多虧莫妮卡藉由鏡子的反射，擴展視野。

「西側有不祥的氣息呢。」以及憑藉直覺感應到不幸的愛爾娜。

見到兩人彷彿施展魔法一般，在軍人的照明燈光縫隙間前進，瑪蒂達不禁愕然。看樣子，連在帝國的間諜之中，這樣的技術也十分罕見。

緹雅也同感驚訝。

尤其是莫妮卡。

她一邊前進一邊回收鏡子，然後再次投擲出去，插進前方的地面。如此一來，無論是前進的方向還是後方，全都能夠清楚確認。

「很好，繼續前進吧。」

她不時讓兩個以上的鏡子反射，以肉眼確認相當遙遠的地點。如果視力不夠，就用望遠鏡補足。原以為邊跑邊對焦是不可能的事情，但是她卻輕而易舉地辦到了。

一行人順利地前進。順利到瑪蒂達都跟得氣喘吁吁。

「我說妳啊……」雖然現在不是說這種話的好時機，緹雅還是開口了。「怎麼平常訓練時沒見過妳使用那項技術？」

「因為在下沒有表現出來。」

「……我知道了，是摸魚對吧？」

「妳講這話真不中聽。在下只是因為用了也贏不了克勞斯先生，所以才不使用啦。」

莫妮卡滿不在乎地回答。不過說起來，這的確很像是她的作風。

「不過，到此為止。」莫妮卡停下腳步。

少女們在相當靠近碼頭的地方停下來，躲在停在港口附近的卡車後面。

碼頭上，有許多軍人在巡視戒備。如果豎耳傾聽，還能聽見他們的怒吼聲。他們似乎正為了捕捉間諜而忙碌奔走。

「碼頭工人全部都去避難了。接下來，只要想辦法讓那些礙事的軍人離開，把瑪蒂達小姐塞進貨櫃就好。」

莫妮卡冷靜地分析狀況。

將近三十名的軍人聚集在貨櫃附近。照明燈照亮了所有角落，四周不存在一絲黑暗。在這種情況下，要正面突破是不可能的。

對方大概推測出少女們的意圖了吧。

「不妙……感覺被包圍了呢。」

愛爾娜不安地低語。

緹雅點頭。「看來只能離開了。我們就先只動手腳吧。」

之後說不定還有機會誘導軍人，現在就先在卡車底下安裝發煙器好了。

「瑪蒂達小姐，妳還有辦法跑嗎？」緹雅詢問。

她讓肩膀上下起伏，氣喘吁吁地回答「我、我盡量……」。之前的路程似乎已讓她消耗不少體力。

安妮特說「本小姐來拿行李！」，隨即就搶走了瑪蒂達的工具箱。瑪蒂達一臉開心地點頭致謝。

再次確認兩人母女情深，緹雅轉頭詢問正在窺視望遠鏡的領路人。

「莫妮卡，接下來要去哪——」

「…………」

見到她一反常態的認真表情，緹雅不由得止住話。

她好像正在窺視之前裝設好的鏡子。

「吶，緹雅。」莫妮卡看著望遠鏡說。「妳打算怎麼減少群聚的軍人？」

「之前不是已經決定好了嗎？就是重複『接近，安裝發煙器，撤退』這幾個步驟。」

「恐怕很難成功喔。對方並沒有因為第一次的發煙器產生動搖，現在依舊團結一致。」

聽了這番冷靜的提點，緹雅咬了咬嘴唇。

大概是巴魯特大尉指揮得宜，讓軍人們得以維持秩序吧。

軍人的數量沒有如預期的減少。這下也許會演變成長期抗戰。

「妳說得對。可是要避開風險，就只有這個方法——」

「妳又說那種天真的話了。」

莫妮卡露出傲慢的笑容。

「誰也不會受傷，誰也不會暴露在危險之中——這是好孩子的做法。」

「那不然妳有其他辦法嗎？」

「在下有個好方法。」

莫妮卡收起望遠鏡，取而代之取出的，是她愛用的轉輪手槍。

「安妮特，給在下合用的炸彈和煙霧彈。」

緹雅還來不及阻止，安妮特便將武器交給她。

莫妮卡將炸彈往前一扔，並且用手槍狙擊飛在空中的炸彈，使其彈向軍人的方向。

隨後，足以撼動黑夜的烈火和爆炸聲發生了。

「——！」

「妳們帶瑪蒂達小姐走。」

和錯愕的緹雅相比，幼小同伴們反而更快做出決定。愛爾娜和安妮特同時從左右抓起瑪蒂達的手臂，開始狂奔。

莫妮卡則投擲煙霧彈，掩蓋她們的身影。

緹雅依舊動彈不得。聽見爆炸聲，軍人們陸續趕了過來。不能把同伴獨自扔在這樣的戰場上。

「妳想死嗎？」

「怎麼可能。」

莫妮卡接下來的行動，完全超出緹雅的理解範圍。

她一戴上兜帽和面具遮住臉孔——便從卡車後面衝了出去。

莫妮卡英姿颯颯地出現在手持步槍的軍人們面前，臉上甚至帶著笑容。

「找到了！」

軍人們理所當然對莫妮卡的出現起了反應。上頭似乎准許射殺敵人，只見他們毫不猶豫就將步槍對準莫妮卡。五名軍人同時做出預備射擊的動作。

照明燈光投射過來，宛如表演舞台般照亮一名少女。

莫妮卡悠哉地拿出小刀，反手持握。

「我問妳，之前克勞斯先生用刀子彈開屍的子彈對吧？」

然後頭也不回地這麼問道。

在這種緊迫的情況下，她到底在胡說什麼啊？

緹雅也目擊了她口中的事實。克勞斯若無其事地彈開了屍發射出來的子彈。那是超一流間諜才會的高階技術。

莫妮卡一派泰然接著說。

「不曉得在下是不是也做得到？」

「啥——？」

太胡鬧了。總算明白她想做什麼，緹雅頓時渾身顫慄。

莫妮卡也沒練習過那項技術就試圖嘗試。

對手是軍人！還得同時應付好幾人！而且是真槍實彈！

簡直太瘋狂了。

莫妮卡長長地吐出一口氣後，便緊盯著軍人們不放。

可以聽見她嘴裡發出嘀嘀咕咕的聲音。

「……角度……距離……速度……時間點……好在沒有焦點和反射……」

正在計算。她打算只憑演算能力擊退子彈。

必須阻止她才行。可是，莫妮卡非常專注，完全沒把緹雅的制止聲聽進去。

軍人那一方有人大聲下令。

「開槍！別讓間諜給逃了！」

那道響亮的說話聲，大概就是那位巴魯特大尉吧。站在最前線的五人的步槍同時噴出火花。

隨後，鏘！的清脆聲音響起。

「————————！！」

莫妮卡從容地站著，毫髮無傷。

——她躲過四顆子彈，彈開了一顆子彈。

感到錯愕的不只是緹雅。開槍的軍人們也愣在原地。

巴魯特大尉也為之愕然，沒有下令繼續射擊。

「什麼嘛。」唯獨莫妮卡得意洋洋地泛起笑容。「沒想到這麼簡單。」

莫妮卡確認小刀的側面後，朝緹雅一瞥。

「在下來當誘餌，保護小鬼的工作就交給妳了。」

「……！」

緹雅拔腿狂奔。

內心已不再迷惘。她衝進煙霧之中，追尋愛爾娜等人的身影。

背後傳來莫妮卡的聲音。

「在下就不取你們的小命，隨便陪你們玩玩吧，巴魯特大尉。」

她似乎開槍打破了照明燈，周圍頓時暗了下來。

然後，她朝緹雅的反方向跑去。

步槍的槍聲雖然開始不間斷地響起，但是卻漸漸遠離緹雅。軍人全被莫妮卡引開了。

（一加入成為同伴，居然就變得如此可靠……！）

只能為她深不可測的才能送上讚美。

因為莫妮卡，巴魯特大尉所帶領的軍隊開始亂了陣腳。

港口周邊一片混亂。

◇◇◇

鄰近港口，尚在興建中的飯店——

難堪的慘叫聲響起。

「咿呀啊啊啊啊啊啊啊啊啊啊啊啊！」

一個男人淚汪汪地以全速逃跑。那副齜牙咧嘴地大大揮動手臂，像個孩子般往前衝刺的模樣，用「心無旁鶩」這四字來形容最為恰當。他勉強閃過克勞斯射出的子彈，一味地奔跑。

克勞斯重新裝填手槍的子彈。

「這實在不像是間諜會發出的聲音。」

「少囉嗦——！誰要和你這種怪物正面交鋒啊啊啊啊啊！」

男人不停在只有地板和柱子的空間裡奔跑。地板上到處散落著建築工具，他卻靈活地一一避開。

克勞斯懷著疑惑的心情緊追在後。

他可以想像出和緹雅等人聯絡不上的原因。她們八成打算讓安妮特的相關人士逃走吧。姑且不論這麼做是對是錯，應該擔憂的是她們欲協助逃走的那名間諜的同伴。

實力堅強的帝國間諜，也許會像營救失敗同胞脫離危機的「火焰」一樣來到此地。

克勞斯帶著那樣的戒心，找到了渾身散發可疑氣息的男人。

然後，在無人之處發動襲擊，之後就到了現在——可是，那人卻感覺沒什麼用。

（這男人是怎麼回事……？）

克勞斯對於缺乏與人對戰的感覺感到困惑。

「速度也太快了吧！可惡啊啊啊！」

男人邊喊邊跑遠。

針織帽和面具讓人無法看清他的長相。感覺應該是二十多歲的男性，但是沒辦法確定。

（逃跑的速度還真快……）

克勞斯已拿出全力的七成，他並沒有小看對方。原因有二：一是為了警戒陷阱，二是因為大多數敵人都能以七成的力量輕鬆打倒。

然而，克勞斯卻追不上男人。

每次發射子彈，他都能勉強避開，而且不會放慢逃走的速度。

（我明明已經以相當快的速度在追趕了。看來他確實有相當的實力。）

但是，出口被百合的毒泡泡封住了，無法突破。

雖然還有往下跳這個方法，不過沒關係，只要毫不留情地追擊就好。

「！變成在比體力了！」

敵人似乎也察覺到形勢不利了，他煩躁地咂舌。

「話說，我怎麼可能贏得了你啊！」

男人選擇的是上樓。

這棟高層飯店，是以由下往上堆疊的方式興建。一樓到七樓沒有施工用的臨時鷹架，但是七樓到八樓有搭設鷹架。男人利用那個鷹架，抱著狙擊槍逃往八樓。

克勞斯也立刻追了上去。

八樓別說是牆壁了，連地板都還沒有鋪好，就只有組成格子狀的外露鋼筋。要是不慎滑倒，就會跌落到七樓的地板上。

克勞斯朝靈活地在鋼筋上奔跑的男人開槍。

男人發出小小的悲鳴，搖搖晃晃地用刀子彈開子彈。

（能夠辦到這一點的間諜並不多……）

儘管他的態度如此，卻展現出不像是泛泛之輩的高超技術。

——他究竟是什麼人？

克勞斯不認得他。他似乎是對外情報室尚未掌握到的間諜。

「你好像很擅長格鬥呢。」

克勞斯在鋼筋上停下腳步，對他這麼說。

「要不要來攻擊我？你搞不好會贏喔？」

「拜託別挑釁了。」男人也停下來。「我可是會沒命的。」

男人一副像在說「我才不幹哩」地左右搖頭，然後蹲下來。

「我是智慧型的間諜。屬於那種悄悄潛入、悄悄離開的類型。戰鬥什麼的我才不幹。」

「可是你感覺挺靈活的。」

「吵死了。我就是因為這樣才會被當成跑腿的啦。」

咂舌聲傳來。

男人的臉雖然大半都被遮住了，不過他現在似乎正苦著一張臉。

（還會一派鎮定地回應啊。真是個奇妙的傢伙。）

感覺愈來愈怪異。

男人究竟是從容，還是害怕呢？

「既然你好像打算透過對話打探情報，那我也要問你。」

男人也發問了。

「我聯絡不上我們名叫『潭水』的間諜。他被你們抓起來了嗎？」

「那人是誰？」

「像死人一樣瘦骨嶙峋的男人。特徵是非常自大，而且還是個浪漫主義者。」

有頭緒了。

那人大概是「屍」吧。他在帝國的代號似乎是「潭水」。不過，是不是浪漫主義者就不知道了。

克勞斯演出一副詫異的模樣。

「我不認識那個人耶。像你這樣有實力的人還特地打探他的消息，看來我得小心提防他了。」

「你還真難纏啊。不過也罷，我早就料到你會這麼說了。」

他大概在說謊吧。克勞斯的處境並沒有難堪到需要撒那種會被識破的謊言。

即使交談，也只是在互相試探而已，不會有結果。

「……只要將你活捉，再逼你說出自己的身分就好。」

一旦彼此對峙，就不再屬於爾虞我詐的領域，得讓純粹的格鬥技術來說話。

「我也稍微拿出真本事好了。」

克勞斯收起手槍，改持刀子。

「拜託饒了我吧……」

雖然男人的語氣好像快哭出來了，但是克勞斯沒有道理手下留情。

他朝鋼筋用力一蹬，在鋼筋上奔跑——不對，是滑行。

可能是濕度高的關係，濕滑的鋼筋失去了摩擦力。克勞斯以比跑步更快的速度，來到男人面前。

男人再次後退，克勞斯的速度卻遠勝於他。克勞斯再次朝鋼筋一蹬，加快滑行速度，持刀刺向他的喉嚨。

男人伸出右臂，勉強擋下了攻勢。他的衣服底下似乎藏了什麼東西，可以聽見金屬互相碰撞的聲音。可是，那樣仍抵銷不了衝擊。

克勞斯用力將男人推落鋼筋。

男人的身體在空中飄浮——克勞斯趁機毫不留情地開槍。

克勞斯所使用的是轉輪手槍。他特地磨練了技術，好讓自己能夠迅速連續射擊。從刀子改持手槍然後發射，僅僅只是一瞬間的事情。兩發子彈朝著男人而去。

一發被刀子彈開，另一發則擦過男人的臉頰，剝去了他的面具。

「唔！實在太強了……」

男人跌落至七樓，撞上地板後發出呻吟。

克勞斯輕巧地在七樓落地。

接著就將其壓制逮捕——他原本是這麼打算的。

「——」

然而克勞斯卻不經意停下步伐。

墜落之際，男人的針織帽掉了，臉上的面具也脫落，露出底下的真面目。

無言以對。

完美的蘑菇頭成為引人注目的造型。雖然看得出來男人年紀輕輕才二十出頭，髮型卻掩蓋了他身上其餘的特徵，讓人只對那顆蘑菇頭留下印象。

「啊，怎麼連你也是那種反應啦。」

男人整理自己的頭髮。

「這個髮型不好嗎？我自己還挺喜歡的耶。」

「不是的。」

克勞斯否定。

他之所以驚訝，是因為見過男人的臉孔。髮型雖然不同，但克勞斯以前確實遇過他。

「是因為這是我第二次見到你。」

「嗄？」

「恩蒂研究所。」

那是帝國的機關。表面上偽裝成製藥公司，其實帝國陸軍正在那裡暗中進行科學實驗。

克勞斯不可能會忘記。

直到剛才他都還不敢確定。因為以前遇見他時兩人有段距離。

可是——這個瞬間，克勞斯明白了。

「『炬光』……你是射殺我師父的狙擊手對吧？」

奪走還有一線生存希望的基德性命的狙擊手——

令克勞斯感到困惑的是，他之前給人的印象與眼前此人之間的差異。

發出哀號、倉皇逃竄的男人。他就是自己一直在尋找的對象？

「——你是『蛇』嗎？」

殺光「火焰」的成員，奪走師父性命的神祕機關。

克勞斯的復仇對象。

「…………」

男人默默地站起來，拂去衣服上的汙垢。

「那麼遠的距離你也看得見，你真的是怪物耶。」

他看著自己一直小心翼翼抱在懷裡的狙擊槍，將頭髮往上撥。

「真是糟透了，看來我的生存機率愈來愈低了。」

毫不掩飾害怕的情緒，男人——之後自稱「白蜘蛛」的間諜揚起嘴角。

◇◇◇

緹雅和愛爾娜等人會合之後，找到一間倉庫潛伏其中。倉庫原本被牢牢地上了鎖，但是她們用安妮特製作的瓦斯噴槍將其熔斷。

儘管沒有莫妮卡的「眼睛」，她們還有愛爾娜的「直覺」，但是在港口一團混亂的情況下，要逃走看來相當困難。因為不幸的預兆到處都在發生，憑愛爾娜的直覺已無法完全掌握。

軍人們顯然已是秩序大亂。

「莫妮卡姊姊正在大鬧呢。」

愛爾娜低喃。

莫妮卡此時想必正被幾十名軍人四處追趕，在槍林彈雨中，反覆上演著搏命的逃亡劇。而且還做出「不殺敵人」的讓步。

不能錯過她製造出來的好機會。

「我們看準時機，分頭去找貨櫃吧。藍色的３之８９６。安妮特，無線電準備好了嗎？」

緹雅對正喀嚓喀嚓地翻弄裙子的安妮特問道。

她雖然取出了四個小型無線電機，卻馬上歪頭說。

「本小姐沒能準備好！無線電機壞了！」

「咦……」

正當緹雅為了意想不到的緊急狀況感到困惑時，一旁的瑪蒂達插口。

「那個，我想恐怕是和那些陸軍的無線電訊號產生混淆了……」

「有辦法調整嗎？」

「可以，只要給我五分鐘就好。」

瑪蒂達對安妮特說「工具借我」便搶過機材，開始調整無線電機。她動作俐落地將其拆解，開始調整配線。安妮特興致勃勃地從旁觀摩，還喜孜孜地說「本小姐學到了一課！」。

「…………呢。」

一旁，愛爾娜喃喃嘟噥。緹雅可以感受到她內心的不安。

——瑪蒂達是帝國的間諜。

她也許意外地是一名優秀情報員。她在機械方面的能力恐怕很強。

而少女們正準備幫助那樣的她逃走。

「…………」

當然，緹雅也並非什麼都沒在想。

一名軍人進到倉庫內。那是一個身材肥胖的魁梧男人。

「「「——！」」」

愛爾娜、安妮特、瑪蒂達瞬間進入警戒狀態。

緹雅對她們說：「冷靜點，他是來幫我的。」

白天時，緹雅成功說服了一名軍人。她誘惑那個孤單地獨自用餐的男人，籠絡他來協助自己。

「拜、拜託不要嚇人啦。」愛爾娜大大地吐氣。

「抱歉喔，因為之前不曉得能否順利會合。」

這是騙人的。緹雅是故意對同伴隱瞞這個事實。

從男人口中獲得目前的部署情報之後，她指示男人進行搗亂。臨別之際，只見她在男人耳畔低聲說了句「下次我再好好答謝你」，他便紅著臉離開了。

緹雅悄悄望向瑪蒂達，她已經回去調整無線電機了。

「…………………」

看樣子，有必要在最後和她談一談。

「……呼～結束了。」

之後，瑪蒂達一轉眼就完成了作業。

緹雅點頭，說：「好，那我們走吧。」

少女們離開倉庫，全力奔向碼頭。碼頭上，堆滿了幾十個可能是要裝上其他貨船的貨櫃。幸好此外還有一些木箱和木桶，因此不愁沒有地方藏身。

剩下的幾名軍人聽信被緹雅迷惑的軍人的謊言，移動去了別的地方。

將港口照得通亮的照明燈破了。這是莫妮卡的功勞。儘管光線昏暗，接受過間諜訓練的少女們仍能順利地在夜路上奔跑。

她們想找的貨櫃應該在這場混亂中，被扔置在某處。

接下來要分頭搜索。安妮特和愛爾娜各自散開。

「吶，瑪蒂達小姐。」

可是，緹雅沒有離開瑪蒂達身邊。她等同伴離開之後才對瑪蒂達開口。

「……可以跟妳談一下嗎？」

「不，緹雅小姐，我們現在還是專心找貨櫃吧。」

「只要一下子就好。」

「要是不快點找到，說不定會讓其他人遭遇危險喔。」

緹雅試著和她對話，但是瑪蒂達一概不予回應。

至少三秒，只要視線相對，便能讀取對方心中的慾望。

可是，對方卻不停地移動目光，完全不給緹雅機會下手。

「瑪蒂達小姐，我真的必須和妳談談。」

實在等得不耐煩了，緹雅一把抓住瑪蒂達的手。

「告訴我——妳剛才是不是想殺了軍人？」

「……………………」

瑪蒂達默不作聲。

好像對方提到了什麼不恰當的話題。

「我從妳身上感應到了殺氣。妳舉起手裡的螺絲起子，準備刺向他的喉嚨。而且動作非常熟練。」

「……………」

緹雅之所以籠絡軍人來協助自己——是為了確認瑪蒂達的真實想法。

「這是怎麼回事？妳不是說妳沒殺過人嗎？」

「…………」

「回答我。妳要是再不說話——我就把妳丟在這裡不管。」

「哦～」

瑪蒂達一副不耐煩地甩開緹雅的手。動作粗暴，和平常客氣的態度截然不同。然後，她用雙手遮住嘴巴，像是要掩飾笑意一樣。

這是至今不曾表現出來的行為。

「——妳該不會現在才在懷疑我吧～？」

「——！」

在耳邊纏繞不散的黏滯語氣。

模糊不清的笑聲，從瑪蒂達的手指縫隙間傳來。

「事到如今才開始懷疑我，已經太遲啦～再怎麼遲鈍也該有個限度。」

「……妳一直在騙我們？」

「是啊，我本來是想利用女兒出國，不過我看妳們好像比想像中好用，就決定配合妳們演下去了。多虧妳這麼輕易就相信我的謊話，真是幫了我好大的忙呢。」

「妳這傢伙！」

緹雅舉起手裡的槍對著她。

如今，對方露出了和之前迥然不同的一面，緹雅不可能放過她。

「我不會放過妳的！我現在就要殺了妳！」

槍口瞄準了瑪蒂達的額頭。

可是，對方卻一點都不害怕的樣子。

「──那妳就開槍啊～」

慵懶的語氣像是在煽動自己似的。

緹雅用手指扣著扳機。

「……我真的要開槍嘍？」

「好啊，請便。不過，妳打算怎麼跟我女兒解釋？」

瑪蒂達微微地抖動貼在自己嘴上的雙手。

「我本來預定要救妳母親，但是我改變心意殺了她──妳要這樣告訴她嗎？在妳讓她產生期待之後？妳好過分喔～再說，妳也沒有確切的證據不是嗎？」

「妳……」

「這樣是行不通的啦。妳沒有充分的根據可以殺死我，我的演技太完美了。」

「……！」

「緹雅小姐，妳真是太沒用了。個性天真，又超容易被人玩弄。善心這麼容易遭到利用的人，我這輩子還是第一次遇見呢。」

一口氣說完後，瑪蒂達笑了。

「太遲了。在妳把我帶到這裡的當下，妳就已經徹底輸了。」

緹雅緊抿嘴唇。

不只是對瑪蒂達突然露出的本性感到憤怒，同時也受到非開槍殺死她不可的使命感驅使。都被人挑釁到這個地步了，我還能默不作聲嗎？

非除掉她不可。正當緹雅在指中施力時——

「以上當然只是開玩笑的♪」

——瑪蒂達放下掩嘴的手。

臉上浮現的，是宛如聖母的沉穩微笑。

「我很感謝緹雅小姐妳，也很愛我女兒。等我回國後，我一定會辭掉間諜的工作。剛才的殺氣只是因為稍微受到了驚嚇。這才是真話，我剛才只是以間諜前輩的身分捉弄妳而已，還請妳不要看得太認真喔。」

「……唔！」

方才的嘲弄彷彿不存在一般，瑪蒂達微微偏著頭說。

喜歡捉弄小妹妹的淘氣大姊姊——她用那種態度投以微笑。看著她那副表情，緹雅有種看見幻覺般的錯覺。

「妳應該不會把玩笑話當真，真的殺了我吧？」

「…………！」

「別忘了，我可是妳的同伴所仰慕的『母親』喔？」

「————！」

緹雅陷入深深的絕望之中。

對方說得沒錯。緹雅沒有充分的根據可以殺死她。

因為她對軍人流露殺氣所以殺了她——可以光憑那種直覺殺害她嗎？

因為我不信任她所以殺了她——可以用那種獨斷的想法向安妮特解釋嗎？

如她所言，緹雅已經徹底輸給了她。

——儘管讀不到瑪蒂達的本性，還是必須救她。

指尖顫抖，使不上力。殺不了她。無論如何都沒法扣下扳機。

無線電機傳來說話聲。是安妮特。

『本小姐找到貨櫃了！』

瑪蒂達笑道：「我們走吧，緹雅小姐。」

「…………好。」

緹雅無力地回應，放下槍口。

現在的緹雅，沒有時間去確認瑪蒂達的話是真是假。

無計可施——雖然也試著和她互相凝視，但是她卻馬上就把視線移開。

只能和瑪蒂達一起移動了。

安妮特發現的貨櫃被擺在碼頭的外圍。雖然光線昏暗很難辨識，不過似乎是藍色的。側面標上了「3—896」的記號。

安妮特已經開了鎖，貨櫃的門是敞開的。裡面裝的好像是麵粉。內部儘管堆了大量的袋子，還是有足夠容納一名女性的空隙。

瑪蒂達毫不猶豫便鑽進那個縫隙。

「看來我們要就此道別了。各位，謝謝妳們的幫忙。」

她笑容滿面地這麼說。不知那究竟是安心，還是勝利的微笑。

「……安妮特。」緹雅做出苦澀的決定。「給妳三十秒的時間。」

「本小姐嗎？」

「和妳母親道別吧。盡可能說些溫柔的話。」

這是緹雅最低限度的抵抗，也就是訴諸女兒對母親的感情。她只能利用安妮特的話，說服做母親的不要背叛和女兒之間的約定。

安妮特愣住了。她似乎不明白緹雅的意圖。

瑪蒂達也只是默默地回望對方。

「……………………」

「……………………」

最初的十秒被用來互相沉默。彷彿餐廳的情景再次重演。

就在緹雅心急如焚時，安妮特終於開口。

「本小姐忘了。」她拍了拍手。「工具箱，還妳！」

安妮特遞出擺在腳邊的工具箱。那是她代替沒有體力的瑪蒂達，中途幫忙提的行李。

「……」

瑪蒂達沒有接過那個工具箱。她定睛注視著安妮特，露出淺笑。

「——」她呼喚安妮特的本名。「妳要和我一起走嗎？」

「恕我拒絕！」安妮特即刻回答。「本小姐比較想和大姊們在一起！」

「嗯……」

瑪蒂達點頭。「那麼，這個工具箱不用還我了。給妳吧。」

「可以嗎？」

安妮特兩眼發亮。接著，她掀起自己的裙子把手伸進去，取出另一個工具箱。

「既然如此，本小姐把自己的工具箱送妳！交換！」

瑪蒂達目瞪口呆。

那個工具箱，外觀和她所使用的工具箱如出一轍。

藍天般的鈷藍色工具箱。

「簡直一模一樣呢……原來如此，這是妳做的啊。」瑪蒂達喃喃地說。

緹雅想起來了。

擊退竊盜集團時，她做出了和瑪蒂達的工具箱一模一樣的精巧複製品。她似乎後來就將其當成了自己的工具箱。

「和母親使用一樣的工具箱！」安妮特笑道。

瑪蒂達發出低吟。她露出複雜的表情，從女兒手中接過工具箱。

「……再見了。」「再見！」

那便是最後的對話。

安妮特依舊帶著純真的笑容，關上貨櫃。

「…………………………」

緹雅只能默默地旁觀。

希望女兒最後的一番話，能夠打動她的心——

「大姊！」安妮特握住緹雅的手。「謝謝妳實現了本小姐的願望！」

她露出潔白皓齒，笑著這麼說。

緹雅也用力回握她的手。

（……說得也是，想再多也沒用。因為守護這個笑容才是我最重要的目的。）

無論如何都無法回頭了。即便對自己的選擇感到後悔，也改變不了什麼。

如今，只能相信眼前這副天真無邪的笑容。

第一戰。

「燈火」選拔組的少女們，和威爾塔·巴魯特大尉所率領的陸軍之間的戰鬥迎來結束。

擾亂軍人們，成功讓瑪蒂達逃亡。

——「燈火」選拔組獲勝。

在興建中的飯店裡，另一場戰鬥也即將步入尾聲。

始終占上風的人是克勞斯。

結果，他撕下與其敵對的白蜘蛛的面具，看見了他的真面目。

射殺師父基德的男人——

（這傢伙是「蛇」的成員……）

克勞斯重新握好手中的刀。

儘管為意想不到的偶然感到驚訝，但這無疑是大好機會。倘若能逼他吐實，基德背叛的理由及「蛇」的存在便能真相大白。

他將重心前傾，大步向前。

「我說了！不要那麼積極地想要打倒我啦啊啊！」

白蜘蛛哀號著往後退。

他那副窩囊的態度，果然不像是擁有一流實力的人。

可是，那或許正是他的風格。正確地認清實力差距的他，比起什麼都不知道，擅自把克勞斯視為競爭對手的「屍」要理智多了。

「你明明比我強，不是應該更老神在在一點嗎？」

白蜘蛛拭去額頭的汗水。

「我已經知道你有多少真本事了啦。憑我根本沒有勝算，我差點都要閃尿了。」

他不像是要開始乞求饒命。

在他開始做多餘的抵抗之前將其拘束。克勞斯如此判斷。

「不要靠近我，你這個怪物。」

白蜘蛛舉起一直抱在懷裡的狙擊槍。

「你要是再靠近一步，我就開槍了。」

槍口對準了克勞斯——不對，是街道的方向。

克勞斯嗤之以鼻。

「你威脅不了我的。就算你隨便開槍，也打不中任何人。」

白蜘蛛呈現單手拿著狙擊槍，朝旁邊伸長手臂的姿勢。

港口的人距離這裡將近一公里，這不是不使用瞄準鏡可以擊中的距離。況且，即使他瞄準了目標，單手射擊的子彈也會因為反作用力，不可能筆直地前進。

「這個嘛，我雖然沒試過，」

白蜘蛛露出傻笑。

「——不過我想八成打得中。」

「…………」

語氣中，帶著好似預言的陰森感。

不是虛張聲勢。他似乎已經達到堪稱非人哉的境界了。

「可別說我卑鄙喔。在我看來，你的存在本身就已經是犯規了。」

白蜘蛛舉著槍說下去。

「你我彼此都很不幸呢。我們相遇的地點太差了。」

「…………」

「我已經知道你的弱點了——不殺害任何一個國民。絕對不願失去『火焰』所深愛、守護到底的人們。是這樣對吧？」

「…………」

克勞斯無法動彈。

儘管憎恨的對象就在眼前，儘管情緒激昂、怒不可遏，儘管瞧不起他那骯髒的手法——可是，他就是動彈不得。

自負是世界最強的實力遭到封鎖。

「很遺憾，你的情報全都遭到洩漏了。你的叛徒師父將你的長相、願望、弱點還有能力，全都說了出來，甚至還附上了大頭照。不管你再厲害，即使你是世界最強——情報外流的間諜一定有辦法可以對付。」

阻擋在克勞斯面前的，是情報的絕對優勢。

基德背叛祖國，將克勞斯的情報洩漏給帝國。

見到克勞斯沉默不語，白蜘蛛大概是得意起來了，他一臉愉快地接著說。

「我在那邊的飯店裝了炸彈。在大廳的沙發底下，五分鐘後就會爆炸。」

「你在故弄玄虛？」

「——你應該看得出來不是吧？」

連自身技能也遭人掌握、利用。克勞斯無法破解白蜘蛛的計策。

白蜘蛛似乎事先做了好幾道準備。預設有可能發生的最壞情況，準備好克勞斯出現時的應對方法。因此，他才能夠應付隨機的相遇。

相形之下，克勞斯則是對白蜘蛛一無所知，毫無對策。

天差地別的——情報落差。

「我們就此和解吧，我也不想丟了這條小命。」

「……說得也是，我就放過你吧。」

只能接受提議。

克勞斯沒有選擇的餘地。在軍人會遭到射殺的前提下，他不能選擇攻擊白蜘蛛這條路。而且要是再繼續這樣動彈不得，也無法前去拆除炸彈。

「我有個問題。」克勞斯將刀子收進懷裡。「……師父他為什麼要背叛？」

「如果我告訴你，你也願意背叛嗎？」

克勞斯左右搖頭。他甚至無意討價還價。

白蜘蛛小聲地說「我想也是」。

「那麼，我也要問你一個問題。你會向上司報告我的事情嗎？」

「我已經記清楚你的長相，甚至還能畫出來。你再也無法進入這個國家了。」

「我會成為通緝犯啊。那我問你，我會被取什麼樣的名字？」

「名字？」

「要通緝人總需要名字吧？」

為什麼他要在意那種事情？

舉例來說，帝國雖然有代號為「潭水」的刺客，但是迪恩共和國當然並不曉得那個名字。「屍」這個名字是對外情報室的室長取的。

克勞斯眼前的男人可能也有名字吧。

克勞斯憑著對他外觀的印象回答。

「蕈菇男。」

「拜託叫我『白蜘蛛』。什麼蕈菇男的，感覺有夠遜。」

那就是他的代號啊。雖然有可能很快就會更改，不過還是姑且記住吧。

「白蜘蛛，下次見面就是你我一決勝負之時。」

「我才不想再見到你哩！」

白蜘蛛激動地大喊。這個男人莫名給人沒用的感覺。

「下次我一定會派最適合的人選來。因為我已經確認牽制你的方法了。」

白蜘蛛揚起嘴角，將自己的蘑菇頭往上一撥。

「不管怎樣，你們終究都會完蛋。情報外流的不只是你，共和國的強者和潛力股全都遭到洩漏了。你明白嗎？無論是誰來，我們都有辦法應付、都有辦法擊退。在你師父背叛的當下，你的國家就已經沒希望了。」

白蜘蛛耀武揚威地說，表情中流露出發自內心的從容。

可是，克勞斯也因此確定了一件事。

「——我總算放心了。」

「嗄？」白蜘蛛嚷嚷著。

「我還以為『蛇』是多大的威脅，結果看來也沒什麼大不了。」

太高估敵人了。終於體悟到自己有多愚蠢，克勞斯接著說。

「只是因為一時擺脫掉我就沉浸在優越感中的對手，程度也不過如此。『蛇』的其他成員也和你同個等級嗎？真教人失望啊。」

他挺起胸膛，大方地說。

「我有七張王牌。」

連帝國也沒能掌握的——七名，更正，是八名少女。

克勞斯堅信，她們正是打倒「蛇」的終極王牌。

他與白蜘蛛視線相對。

對方臉上浮現的不知是煩躁、困惑，抑或是優越感。

重逢之日想必不遠了。

克勞斯有那樣的預感。白蜘蛛或許也有相同的想法。

第二戰——在興建中的飯店展開的戰鬥，就這樣迎來結束。

白蜘蛛成功逃走，卻洩露了自己的真面目。

克勞斯掌握到「蛇」的情報，卻讓白蜘蛛逃走。

雙方最後都各有得失——打成平手。

◇◇◇

然後，不為人知地展開的第三戰——也在不為人知的情況下結束了。

終章　忘我

the room is a specialized institution of mission impossible
code name bouga

白蜘蛛騎著機車奔馳在幹道上。

他很幸運地搶在被通緝之前，成功突破了陸軍的包圍網。比起逮捕他，克勞斯選擇優先處理炸彈，他因此得以倖免於難。情報優勢果然影響甚大。

可是，也不是凡事都進行得很順利。

這次的相遇無論對克勞斯，還是對白蜘蛛而言，都是一場意外。

（可惡，簡直糟透了……）

他克制不了內心的煩躁，不耐地咂舌。

（我的長相完全被記住了。而且還被發現是「蛇」的成員。）

儘管事前就得到了情報，然而一旦目睹還是不禁發抖。

那傢伙無疑是怪物。

繼承傳說中的間諜團隊「火焰」所有技術的男人。

在白蜘蛛所隸屬的「蛇」之中，能力足以和那個男人一對一交手的大約三人。假使動員所有人或許就殺得了他，可是，真有辦法為了一個落後國家的間諜，將分散世界各國的同伴召集起來嗎——不，說不定有那麼做的價值——

需要思考的事情堆積如山。

「算了，光是能夠逃離那個怪物就該感到慶幸了。」

但是，他決定暫時喘息一下。

（不曉得那個虐待大嬸有沒有事？）

不去想克勞斯的事情後，他開始在意起別的事情。

白蜘蛛原本是因為她陷入困境才趕來的。明明自己請求救援，卻又乾脆地將白蜘蛛趕走，真是任性。

（不過，為什麼燎火的部卜要幫助她逃亡呢……）

令人費解的謎團。

在白蜘蛛看來，對方根本沒有理由要幫她。

『話說回來，我和那孩子根本就沒有血緣關係。』

她的話還殘留在耳邊。

『她是被人扔在車站垃圾桶裡的棄嬰。而我只是為了利用她來進行間諜活動，才會將她撿回家。所以，我根本從一開始就對她沒有愛。不過，對於為了讓她能夠成為我女兒而替她整形，還弄瞎她一隻眼睛，我也是覺得有點不忍心啦。』

——所以妳才會虐待她嗎？

『嗯？不是喔～那是因為其他原因。』

——其他原因？

『單純只是因為我覺得她很噁心啦。她的心思難以捉摸，實在令人毛骨悚然……那孩子根本就應該繼續被扔在那裡，她的存在本身就是一個錯誤。』

瑪蒂達淡淡地說。

『那種毛骨悚然的感覺，不直接親身體會是不會明白的。隨著她長大，她愈發變成一個讓人無法理解的玩意兒……我好害怕，於是一再一再地毆打她，所幸她因此失去了記憶，於是我就把她丟掉了。不過現在想想，我當初應該做得徹底一點，將瑕疵品確實銷毀才對。』

白蜘蛛對她的意見深表同感。的確是應該設法防止情報洩漏。

可是，她的手段太惡劣了。

『我要把這個工具箱當成母親的紀念品，送給她。這裡面裝了炸彈。直到最後一刻，我都要扮演善良的母親，炸死自己的女兒。』

連白蜘蛛也為之語塞。

因為她竟說要繼續假裝深愛女兒，讓女兒搏命拯救自己，最後再狠心殺死她。

——我姑且確認一下，妳的本性沒有被發現吧？

這麼說完，她得意地笑了。

『放心啦～我演得非常完美。我女兒對我可是信任得很。』

瑪蒂達如此斷言。

『她們甚至無法產生想要殺死我的念頭。』

表情中充滿徹底扮演善良母親的自信。

回想起那一幕，白蜘蛛不禁嘆息。

（單論噁心程度，她確實有足以成為「蛇」一員的水準。）

今後或許可以好好利用她。她似乎有被用完即扔的價值。

最重要的是，瑪蒂達手中或許握有珍貴的情報。白蜘蛛察覺到了這一點。

——我有七張王牌。

燎火是這麼說的。而且態度充滿自信。

「……會合之後，我得向她打聽小鬼們的情報才行。」

缺乏情報、來歷不明的吊車尾們。最好先查明她們的底細。

——正確地恐懼。正確地輕視。

白蜘蛛高呼自己的信條。畢竟，與燎火重逢之日或許不遠了。

「潭水」遭到了逮捕。在共和國被取名為「屍」，受人畏懼的刺客。

假使他在盤問下供出情報，「燈火」應該會妨礙白蜘蛛的計畫。

克勞斯動手拆除了炸彈。

一如白蜘蛛所宣稱的，炸彈被安裝在城內飯店的大廳裡。

從炸彈的樣式來看，威力不是非常強。即使在夜晚炸裂，頂多也只能殺死不巧經過的人。但是，其威力恐怕並非出自於善意。

沒有任何一絲浪費。只殺死最低限度的人，並且達成目的。和沉迷於力量、一再展開大規模殺戮的「屍」相較，白蜘蛛顯然要聰明許多。

真教人失望啊——克勞斯雖然這麼說，但他的話中其實也隱含著逞強。

克勞斯切斷炸彈的排線。

「我雖然只有瞥到一眼……不過那是個像蕈菇一樣的人對吧？」

一旁的百合喃喃地說。

克勞斯已經告訴她詳情。

「那人是『蛇』的一員啊。沒想到居然有人能夠逃離老師的手掌心……」

「那些等之後再思考吧。」克勞斯頷首。「首先得和她們會合。」

克勞斯前往港口，拜訪威爾塔．巴魯特大尉。

在作為據點的倉庫中，他面對著大量的無線電機，仔細地對部下下達指令。臉上雖帶有倦意，仍洋溢著完成使命般的滿足感。

「沒有你出場的機會啦。」他劈頭就這麼說。「敵人已經喪命了。」

「哦？」

「這次的敵人相當強大。你要是出來多管閒事，搞不好會被殺死哩。」

其他軍人也帶著志得意滿的笑容，注視著克勞斯。

克勞斯刻意一臉遺憾地聳聳肩。

「這樣啊。屍體在哪裡？」

「我們把敵人逼到海上射殺了。」

威爾塔用鼻子哼氣。

「你的忠告根本沒用，把敵人逼到海上去要有效率多了。雖然現在還在搜索屍體，不過應該很快就能捕撈上岸。你要等到那時候嗎？」
「不了，屍體說不定已經被沖到近海。威爾塔，做得好。」
克勞斯送上掌聲。
對方也不覺得難為情，而是挺起胸膛，一副像在說「對我們刮目相看了吧？」地交抱雙臂。
趁著他心情大好，克勞斯問道。
「對了，你們射殺的間諜有什麼特徵？長相和護照的照片一樣嗎？」
「呃，因為那人戴了面具，所以沒能確認長相。」
威爾塔有些支支吾吾地說。
「不過有人見到敵人的髮色，是藍銀色的。」
克勞斯點頭，因為聽到預期中的答案而感到滿足。
之後他帶著百合，離開軍人忙碌穿梭的港口，前往城市的外圍。不久，他們來到沒有飯店也沒有倉庫，只有零星幾間酒吧的小巷。
在腳邊的是人孔蓋。
這裡是有噴泉的觀光勝地，自來水系統相當發達。上水道自然不用說，下水道同樣也如網子般遍布整座城市，一直延伸至大海。
一如克勞斯所計劃的，威爾塔違抗了他的忠告，將間諜誘導到海邊。

克勞斯打開人孔蓋。

「啊，克勞斯先生。」正好見到莫妮卡沿著梯子往上爬。「好久不見。」

全身被海水浸濕的少女微微揮手。

「……莫妮卡，妳在那裡做什麼？」百合問道。

「散步？」

莫妮卡一派悠哉地裝傻。

雖然很想問她：哪有人會泡在海水裡，在下水道裡面散步啦！

「——好極了。」

克勞斯卻只是大力稱讚她。

開始下雨了。

天空中其實一直都飄著厚厚的烏雲，不過此刻似乎終於到達了極限。冰冷的雨水從天而降，搜尋不存在的遺體的軍人大概也要放棄了吧。他們應該會向上呈報自己射殺了帝國的間諜。

莫妮卡說了句「在下要繼續散步了」，便準備和克勞斯分開。她大概打算在被軍人收走之前，去拿回自己的工具吧。

「啊，對了。」臨別之際，莫妮卡忽然想起什麼似的說。

「什麼事？」

莫妮卡微微聳了聳肩膀。

「既然團隊裡有那種人，你就應該事前早點說嘛。要不然會讓在下的擔心顯得杞人憂天，很丟臉耶。」

自顧自地說完，她便離開了。

聰明如她，或許已經明白了什麼也說不定。

克勞斯二人前往她告知的旅館。那間廉價旅館，位於眾多餐飲店和聲色場所林立的馬路邊。

敲了敲其中一間房，門後傳來緹雅著急的聲音。

「莫妮卡，妳回來了嗎？」

門立刻就被打開，神情喜悅的緹雅現身。然而，她隨即便瞪大雙眼。

「老、老、老師？」

「妳這傢伙啊啊啊啊啊啊啊啊啊啊啊！」

百合從困惑的緹雅和門縫間鑽過，進入室內。

她全力奔向的目標，是坐在床上的少女。

「愛爾娜！」

「呢？」見到百合突然撲上來，愛爾娜目瞪口呆。

「妳怎麼可以這樣！居然擅自離家未歸！妳知道我有多擔心嗎！」

不知為何，百合只集中火力攻擊愛爾娜。

百合一把抱住愛爾娜，開始不斷地觸摸她的臉頰。也不管愛爾娜發出哀號抵抗，還是一直拉扯她的雙頰。

緹雅一臉尷尬地垂下視線。

「那、那個，老師。我們之所以沒能和你聯絡，其實是有很複雜的原因——」

「緹雅。」

克勞斯先發制人。

「如果妳是遵循自己的信念採取行動，那就堅持到最後。」

「咦……」

「妳們沒事就好。妳的表情有些緊繃呢。」

緹雅的臉瞬間垮下來。眼中滲出淚水，嘴巴微微地動個不停。

她似乎正忍著不哭出來。

偷偷擦拭眼角之後，緹雅開口。

「老師，對不起。因為休假太開心了，所以我搞錯了回家的日期。」

「這樣啊。以後務必記得報告。」

其實，克勞斯也想抱怨一兩句。

她們的行為無疑是鋌而走險，如果找自己商量，應該可以引導出不一樣的結局。克勞斯想必能夠以更安全的方法，解決麻煩。

可是，原本如一盤散沙的四人通力合作、克服難關，沒有比這更好的成果了。

因此克勞斯決定視若無睹。

床上，百合還在戳弄愛爾娜的臉頰。

「真是的！妳未免玩得太過頭了吧！愛爾娜！」

「住手啊啊啊啊啊！」

愛爾娜的慘叫聲響徹房間。所以說，百合到底為什麼只攻擊愛爾娜一人？

克勞斯忽然注意到一件事。

「安妮特在哪裡？」

灰桃髮少女不在房裡。

緹雅神情困窘地蹙起眉頭。

「這個嘛……她說無論如何都想要一個人靜一靜。」

克勞斯了然地點點頭。他可以想像她去了哪裡。

她大概正在觀看戰鬥的結局吧。

◇◇◇

克勞斯早就察覺到莫妮卡的不安。

——「燈火」的成員缺乏冷酷。

她的擔心是對的。然後，也因為是對的，所以克勞斯理所當然也有注意到。他在集結「燈火」的成員時，注意到少女們所欠缺的資質。

在間諜的世界裡，只有天真是成不了事的。

——希望找到必要時，能夠徹底變得冷酷的間諜。

他好幾度前往培育機關，尋找符合條件的人員。

能夠遇見那名少女，只能以僥倖來形容。

克勞斯詢問關於那名少女的事情時，培育機關的教官給了他「勸你千萬不要讓她加入」的警告。還說「她這個人很難搞，我們打算讓她退學了」。

代號「忘我」。

直接以此形容喪失記憶的少女——實際上並非如此。

忘卻自我。

這樣的說法據說世界各地皆有。像是將自我擺在一旁、捨棄自我等等，儘管有著微妙的差異，但是以此比喻「著迷」、「沖昏頭」似乎是世界共通的做法。

專注到看不見其他事物的狀態——忘我。

真是奇妙的說法。忘我的人所忘卻的，反而是自己以外的一切。

忘掉自己以外的一切，將內心湧現的衝動擺在第一位。

留下來的，是「本小姐」這個堅強穩固的自我。極致而純粹的自我中心主義者。

克勞斯決定徵召那名少女。

◇◇◇

降下的雨勢逐漸增強，用力敲打著克勞斯的傘。

安妮特人在視野良好的懸崖上。

那裡正好鄰近克勞斯和白蜘蛛交手的飯店，能夠將港口盡收眼底。

安妮特淋著雨，正在窺視雙筒望遠鏡。克勞斯一走近，她便連同雙筒望遠鏡轉過來，高聲喊道「克勞斯大哥！」，接著說完「本小姐要逃走！」就轉身準備要跑。

「抓到妳了。」克勞斯扣住她的肩膀。「安妮特，捉迷藏結束了。」

不知為何，安妮特喜孜孜地笑道「本小姐終於被抓到了！」。

簡直像在玩孩子的遊戲。

克勞斯將一半的傘分給她撐，眺望著港口。

陸軍好像已經放棄搜索遺體了。他們確信自己殺死了間諜，準備撤退。碼頭上，工人們已開始裝卸貨物。像是要趕上因騷動而延遲的進度一般，動作俐落地進行作業。

然後，現在起重機正準備將一個貨櫃吊上來。

「妳在看貨櫃嗎？」

「是的！本小姐在觀察！」

安妮特像個賞鳥的孩子似的，以雙筒望遠鏡觀察。嘴裡還一邊哼著曲子，混雜在雨聲中傳來。那大概是她自創的歌曲吧。

克勞斯也拿出雙筒望遠鏡，確認現在正好被起重機吊起的貨櫃。貨櫃的側面標示著識別號碼：「3—696」。將那個號碼和被送進港口的貨物資料進行比對，克勞斯明白了一切。

「……我在集結『燈火』的成員時，最猶豫的人選是妳。」

安妮特拿下雙筒望遠鏡。

「嗯？莫非本小姐很礙事？」

克勞斯搖頭否定。

「也許會讓妳獨自背負嚴苛的職責——我是擔心這一點。」

「本小姐有背負什麼嚴苛的職責嗎？」

「…………」

她似乎沒有自覺。那一點究竟是好是壞，克勞斯不知該作何判斷。

「我已經察覺真相了。」

克勞斯說道。

「那個貨櫃裡的女性叫什麼名字？」

「是瑪蒂達小姐！」

安妮特毫不隱瞞地回答所有問題。

少女們和瑪蒂達的相遇、在餐廳用餐、她的窘境和營救、發覺間諜身分、莫妮卡和緹雅的對立，以及協助逃走。

她宛如回憶美好往事一般地道來。

「如何？」克勞斯詢問。「妳覺得這次的假期愉快嗎？」

「這次的假期非常充實！」

安妮特小小跳了一下。

「本小姐學到了一課。一開始，本小姐實在不明白為什麼大姊她們要在意『母親』那種東西，一直都無法理解！無論是在游泳池相遇時，還是在餐廳用餐時都一樣，本小姐完全想不通！」

「這樣啊。那麼，妳現在明白什麼是『母親』了嗎？」

「明白了！本小姐又變聰明了一些！」

她露出潔白的牙齒笑答。

「時而生氣、時而誇獎，不僅會教導本小姐各種事情，還會支持本小姐的想法的人——那便是母親！所以，見到母親露出哀傷的表情，本小姐也會很生氣。所謂母親就是那樣的存在！」

感受力意外地強。

她的語氣中，蘊藏著深切的真實感觸，和克勞斯所認識的她印象有些不同。這名少女之前的發言要來得更加不著邊際。

看來這幾天，她的心產生了細微的變化。

但是，有一件事非確認不可。

「妳口中的母親——」克勞斯投以狐疑的目光。「是瑪蒂達嗎？」

「不是。」

安妮特回答。

「是緹雅大姊！」

她接著說。

「那女人根本不及格。」

冷漠無情的口吻。

那雙眼眸烏黑而澄澈。

克勞斯感應到指尖產生細微的麻痺感。連一流間諜也不具備的鮮明惡意傳遞過來，並且強烈到讓人無法想像是散發自一旁的天真少女。

「……妳果然看穿了瑪蒂達的本性啊。」

她殘忍殺害了那五名竊盜集團的成員。

緹雅等人似乎並不知情，但其實瑪蒂達是殺人不眨眼的危險敵人。

「妳究竟是何時發現的？」

「那女人被發現是間諜的隔天，本小姐就識破她了！在海邊見面時，她身上有血腥味，而且警察也四處奔走。」

「原來如此。」

「本小姐超級火大！」

安妮特鼓起臉頰，模樣十分可愛。

「她突然自己厚著臉皮冒出來，好心幫她把工具箱拿回來之後，她卻殺了人。竟然對緹雅大姊恩將仇報，這人簡直太離譜了！」

「可是，妳卻沒有選擇將她交給陸軍。」

那應該是最輕鬆的方法。實際上，莫妮卡應該曾經打算那麼做。

安妮特左右搖頭。

「——帝國的間諜用本小姐等人找回來的工具，殺死了我國的國民。」

「………」

「這個事實要是被陸軍那群傢伙知道了，一定會成為『燈火』的一大醜聞吧？」

正確。

瑪蒂達是安妮特的母親。在這個國家的諜報機關工作的少女，是敵國間諜的女兒，而且她還幫忙找回工具予以支援，導致最後出現了犧牲者。

儘管犧牲的人是罪犯，但是只要有心人士加以利用，對外情報室恐怕會遭到責難。陸軍內部急於見到對外情報室爆發醜聞的人不勝枚舉。

「……換句話說，情況相當麻煩。」

克勞斯做出總結。

「瑪蒂達一旦被陸軍逮捕，就會被他們掌握住弱點。時間有限，但是，能夠解決一切的我不在。更重要的是，妳怒不可遏。」

於是，就產生了這樣的結果。

「——所以，妳決定暗殺瑪蒂達。」

「完全正確！真不愧是克勞斯大哥！」

安妮特開心地鼓掌。

第三場戰鬥——扮演好母親的瑪蒂達與扮演天真女兒的安妮特，兩人之間的爾虞我詐。

勝負已然揭曉。

「妳假裝幫助她逃亡，然後將她關進貨櫃啊。」

克勞斯再次確認貨櫃的號碼。

瑪蒂達果然被關在不適合逃亡的貨櫃裡。

難道沒有任何人發現嗎？

恐怕不是這樣。緹雅應該有仔細確認號碼才對。

「……妳改掉了數字對吧？用可溶於水的塗料更改數字，把她送進和預期不同的貨櫃中。之後，塗料被雨水沖掉，正確的號碼顯現出來。」

「好厲害，連續答對！」

安妮特再次鼓掌。

這是當然的。若非懷有惡意，否則是不會讓逃亡者逃進那個鐵箱的。那是既沒有空調，也沒有廁所的密閉空間，常人只要待上一天就會快要發狂。

原本的航行計畫大概是十五小時吧。今晚正好有前往萊拉特王國的船班。

可是，安妮特卻是將她引導上了別艘船。

「那個貨櫃會被裝上前往其他大陸的貨船。」

克勞斯低語。

「我姑且問一下，有逃脫的餘地嗎？」

「本小姐立刻就把故障的逃脫工具交給她！所以是不可能的！」

那是用來載運大量貨物的裝置，並未預設人被禁閉其中的情況。貨櫃被設計成無論內部的貨物怎麼倒塌，門也絕對不會開啟。

也就是說——

「瑪蒂達最久會被幽禁十天——最後餓死。」

當貨櫃抵達其他港口時，她將成為渾身屎尿的餓死遺體。

安妮特露出純真的笑容。

「這是激怒本小姐應得的懲罰！」

儘管殘忍，卻是合理的暗殺方法。陸軍和同伴皆無人知曉。

最重要的是，瑪蒂達完全大意了。因為其他同伴都是懷著由衷善意，想要讓瑪蒂達逃進貨櫃。甚至沒有必要戰鬥。

「但是，這樣夠徹底嗎？」

克勞斯發表評論。

「發現異常的瑪蒂達有可能會求助，然後獲救吧？貨櫃雖然是厚實的鐵製牢籠，呼救聲傳到外面的可能性仍並非全無。」

「這是善良的本小姐的慈悲之舉！本小姐為她留下了僅僅百分之一的存活可能性。」

安妮特說完的瞬間，那件事情發生了。

——貨櫃爆炸。

被起重機吊起的貨櫃突然噴出火焰。

轉眼間，整個貨櫃就被烈火包圍，化為火焰棺材。

「然後，就在剛才！連百分之一的可能性也消失了！」

爆炸烈焰所產生的光芒化為逆光，掩蓋了她的表情。

貨櫃裡裝的大概是麵粉吧。黑煙在黑夜中直竄天際。

港口工人們急忙開始放下貨櫃。

俯視著那些人，安妮特點點頭。

「炸彈是瑪蒂達自己準備的。無論安裝還是啟動，都是出自她本人之手。」

克勞斯知道她擁有何種特技。連汙垢、損傷都能重現的完美複製。

她大概是調包了吧。

瑪蒂達和安妮特兩人皆擁有的東西——大概是工具箱。在港口逃跑的過程中，安妮特發現瑪蒂達的工具箱裡裝了炸彈，也看穿了她的用意。

——將工具箱交給安妮特，炸死她。

於是安妮特反過來利用這一點，讓瑪蒂達自爆。

「居然自我毀滅，真是可悲的傢伙啊！」

安妮特一臉無趣，不屑地說。

「如果她沒有想要炸死本小姐，說不定就能活下來了。」

她說得沒錯。

倘若瑪蒂達放棄殺害女兒，這場悲劇就不會發生。

不值得同情。照理說應該是如此，但是──

「…………」

港口裡，工人們為了突然起火的貨櫃驚慌失措。所幸似乎沒有人受傷。他們遲早會發現吧，發現貨櫃內被爆炸氣浪吞噬的遺體。密閉的貨櫃立刻就升至超高溫，遺體將被毀損到難以辨識身分的程度。

假使緹雅得知這個事實，不知她會有何感想？

對於利用善意、計劃暗殺母親的安妮特，她肯定會錯愕得啞口無言。

正因為如此，安妮特沒有告訴同伴。

為了達成目的，以好人的笑容利用無知者的──邪惡手法。

「…………大哥……」

安妮特望向克勞斯。

「你該不會也說『存在是個錯誤』這種話吧？」

那是彷彿從內心洩漏出來，突如其來的提問。

「嗯？什麼意思？有人這麼說過妳嗎？」

「這……嗯？奇怪？本小姐不記得了！」

「怎麼會連妳自己也忘了。」

「只不過，本小姐感覺自己以前經常被人這麼說！」

安妮特神情愉悅地說。

「每次不管本小姐做什麼，都會被說『妳的存在本身就是個錯誤』。」

「……………」

從前恐怕有人這麼說過吧。

威爾塔也說過。他憑著軍人的直覺，對潛伏在城裡的安妮特的惡意起了反應，說那是「存在本身就是個錯誤的極大罪惡」。

在安妮特的過去，或許也有人對她說過同樣的話。

也許是瑪蒂達。又或者是培育機關的教官。

克勞斯搖頭。

（不對，他們全是一些什麼也看不見的愚蠢傢伙。）

否定了那句否定的話。

正確答案只有一個。儘管手段殘酷，她仍值得受到認同。

若是安妮特沒有做出這樣的判斷——情況會變得如何？

瑪蒂達可能會自暴自棄地對軍人發動自殺式攻擊，然後出現犧牲者。
可能會被軍人掌握住無聊的醜聞。
可能會被發揮優秀演技的難纏敵人瑪蒂達給逃了。

將「燈火」、陸軍，甚至是帝國間諜耍得團團轉，冷酷少女所導出的答案。
那是對這個國家而言最好的結果。

「安妮特，存在妳心中的殘酷，是不同於團隊其他成員的武器。這一點不會有錯。」
倘若要論定錯的是誰，那便是這個世界。
她在這個錯誤的世界，做出了正確的選擇。
「——好極了。我為自己決定讓妳加入感到自豪。」
清一色都是好人的團隊輕易就會瓦解。克勞斯等人所生存的這個世界，並非好比純粹由砂糖和糖漿構成般甜蜜美好。有時，必須變得殘忍的時刻也會來臨。
分歧才能使團隊強大。因為有形形色色的同伴，團隊才會變強。
戰勝惡的邪惡——不可或缺。
需要不帶一絲雜質的純粹之惡的瞬間，有朝一日必定會到來。

「燈火」的最終武器——那便是克勞斯賦予安妮特的職責。

「真不愧是大哥！最喜歡你了！」

安妮特開心地跳躍，一把抱住克勞斯的脖子。

「不要撲到我身上。」

「恕本小姐拒絕！」

即使下達命令，安妮特還是完全不打算鬆手。

她就這樣掛在克勞斯的頸子上。由於全身濕透，水因此滲進克勞斯的衣服。

「本小姐要特別透露給大哥——本小姐最後的祕密！」

她以那種姿勢說道。

「那就是，本小姐殺死瑪蒂達小姐的另一個理由。」

「……什麼理由？」

「因為她口吐狂言！即使殺了她，依舊難息本小姐的怒氣！」

她爬上克勞斯的身體，在他耳邊低語。

「『這孩子沒有變』——那女人居然對四年不見的本小姐這樣胡說八道。」

因為那一句話，安妮特決定暗殺母親。

瑪蒂達肯定沒有料到，自己在不知不覺間觸怒了安妮特。無論再怎麼扮演好母親都沒有意義。

忘卻自我，勇往直前——誰也阻擋不了安妮特失控的殺意。

她無法籠絡女兒的主因。

安妮特親近緹雅，憎惡瑪蒂達的分歧點。

邪惡以天使般純真的語氣揭曉答案。

「本小姐為了長不高這件事情很煩惱。」

「…………」

陽炎宮的露台上，緹雅一臉倦怠。

安妮特事變——她是這麼稱呼瑪蒂達的騷動——結束後返家的這一整天，她的心情始終愉悅不起來。儘管表面上表現得很開朗，但是當她獨處時，便會回想起瑪蒂達那副嘲笑的眼神。

這一個月來，緹雅不斷受到自卑感折磨。

遇見比自己厲害的間諜們，感覺一直被他們操縱在掌心之中。

克勞斯、屍、莫妮卡、瑪蒂達——

我到底有多接近他們身處的舞台呢？

身為選拔組的自豪已蕩然無存。葛蕾特等人據說在克勞斯不在的情況下，打倒了一名間諜。相形之下，我究竟完成了什麼？

憧憬的背影好遙遠。遙遠到幾乎令人落淚。

「妳看起來悶悶不樂耶。」

後方傳來說話聲。
是克勞斯。他兩手拿著馬克杯，將剛泡好的紅茶遞給緹雅。
「謝謝……我只是心情有些憂鬱啦。」
「是嗎？老實說，我也是。」
「咦？老師嗎？」
「有什麼好驚訝的？我也是人，也會有沮喪的時候。」
克勞斯站在緹雅身旁。
「即使成功完成任務，也未必沒有任何一點瑕疵。我也會煩惱當時是否有更好的選擇。」
「原來老師也會這樣啊……」
克勞斯拿起自己的馬克杯啜飲。既不多過問，也不多談。也許他最近也留下了某些悔恨吧。
——比方說，讓仇敵逃掉之類的。
「…………………」
雖然好奇，他還是默默地繼續品嘗紅茶。
還是問別的問題吧。
「我問你……要怎樣才能消除這種悔恨的感覺？」
「消除悔恨的方法……比起我的答案，還是說說我的老大的答案好了。」

「你是說『紅爐』小姐嗎？」

「妳應該比較想聽她的答案吧？」

克勞斯一口氣喝完杯中的飲料。

「完美達成下一件任務——就只是這樣。」

「真不愧是她，這個答案簡直太棒了。」

緹雅也學他一口氣飲盡馬克杯裡的紅茶。幾乎令人燙傷的滾燙液體通過喉嚨，感受到體內產生的熱度，緹雅吐了一口氣。

「走吧。」克勞斯點頭。「所有人應該都到齊了。」

緹雅跟在克勞斯身後，前往大廳。

大廳裡，所有少女們皆已聚集在那裡談笑風生。

其中，有人開始擅自行動，也有人加以阻止。

莫妮卡緊蹙著眉頭說「……好吵，在下要回房間去了」打算離席，但是百合抓住莫妮卡的手臂說「不要啦，我還沒講完我的豐功偉業呢！」，硬是不放開她。

無法加入其他人熱絡的對話，愛爾娜一臉尷尬地想要離開，可是莎拉注意到這一點，用親切的笑容對她說「愛爾娜前輩，妳在觀光勝地過得如何？」，結果愛爾娜抱怨「我被安妮特欺負了呢！」。

安妮特全身扭來扭去，說了句「本小姐要喝熱牛奶！」就準備前往廚房，但是席薇亞說「哎呀……妳現在先忍耐一下」憑著與生俱來的身體能力迅速捉住了她。

「…………………………」

見到那幅景象，緹雅一時之間說不出話來。

「……妳怎麼了？」葛蕾特關切道。

「沒什麼，我只是在想，全員到齊的感覺果然很棒。」

心想這麼多問題人物齊聚一堂真是個奇蹟，緹雅有感而發。

克勞斯站在少女們面前，點點頭。

「——好極了。」

首先，他以一貫的口頭禪讚美少女們。

「成功達成國內的任務，辛苦各位了。無論對國家還是團隊來說，這都是非常豐碩的成果。這麼一來，『燈火』就能朝下個階段邁進了。」

「下個階段？」席薇亞詢問。

「被活捉的『屍』供出了情報。」

克勞斯說道。

「如今已得知『蛇』的出沒地點。他們總算開始露出馬腳了。」

少女們發出驚嘆。

這是將原本的暗殺任務更改成活捉所帶來的成果。克勞斯大概早就料到，像「屍」這樣的強者勢必握有情報吧。

來歷不明的間諜團隊「蛇」——消滅「火焰」的神祕集團。

是與克勞斯有著因緣糾葛的敵人，也是促成少女們集結於此的存在。

「所以呢？」席薇亞露出挑釁的笑容。「你這次要選拔誰？」

聽了那句話，聚集在大廳內的少女們無不屏息。

全員到齊。

「夢語」緹雅。特技是交涉。只要與人對視三秒，便能解讀他人的願望。

「愛娘」葛蕾特。特技是變裝。能夠自由改變外貌和聲音。

「花園」百合。特技是用毒。擁有百毒不侵的特異體質。

「百鬼」席薇亞。特技是竊盜。隱藏氣息，竊取任何東西。

「冰刃」莫妮卡。特技是——隱匿中。擁有不需仰賴特技的卓越綜合能力。

「草原」莎拉。特技是調教。以老鷹和狗為主，能夠操控許多動物。
「忘我」安妮特。特技是工藝。製造出完全複製既有物品的武器。
「愚人」愛爾娜。特技是事故。感應不幸的預兆，和目標一起陷入不幸。
對著透過反覆訓練和國內任務增長實力的少女們，克勞斯說道。

「是所有人——這裡的九人要一起揪出『蛇』的真面目。」

少女們高聲歡呼，擺出勝利姿勢。
作戰計畫公布了。
這一次的任務是潛入外國。而且目的地是少女們未曾踏足之地。
其他大陸——穆札亞合眾國。
沒有加入世界大戰，而是持續對戰地供應物資，國力因而急速成長的大國。如今無論在政治還是經濟上，都在在牽動著這個國家。是迪恩共和國無可比擬的世界第一經濟大國。
有預感這將會是最大規模的任務，少女們心中充滿了不安與期待。
「緹雅。」然後克勞斯接著說。「現場由妳來指揮。」
「咦……」緹雅瞠目結舌。

「現在的妳應該辦得到才對。讓葛蕾特構思計畫，妳來對其他成員下達指示。」

「等、等一下，那老師你要做什麼？」

在此之前，指揮是克勞斯的工作。

「燈火」一向是由他以老大的身分待在後方，指揮少女們行動。

「這還用說嗎？現在的妳們，已經有能力分擔我的負擔了。因此，我可以站在更適合我的位置自由行動。」

克勞斯揭曉答案。

「我要站上最前線。」

那句話，令少女們的心為之一震。那是期待與歡喜交織的感動。

非比尋常的直覺，與承襲自師父的格鬥術。

克勞斯將在與宿敵「蛇」的戰鬥中大展身手。

後記

the room is a specialized institution of mission impossible
code name bouga

這雖然不是應該出現在第三集後記的內容，還是請各位讓我說說寫第二集時的事情。

發售第一集時，官網上舉辦了人氣票選活動。企畫內容是，從有些不幸的金髮女孩除外的七名女主角之中，選出人氣第一名的少女作為第二集的封面人物。由於第二集的主角是葛蕾特，所以這個企畫可以成立沒有問題。

可是這個企畫還是有令人擔憂的地方。在第一集即將發售的前夕，編輯大人這麼問我：

「竹町老師，如果是沒有在第二集出現的角色獲得第一名怎麼辦？」

這個著眼點太優秀了。當時我已大致完成第二集的稿子。假如是緹雅或莫妮卡獲得第一名，就會發生封面人物沒有出現在故事中這種莫名其妙的狀況。

但是，我也有我的想法。

「請放心！到時，我會立刻修改第二集的稿子啦！」

說個題外話，有八成快要出道的作家，都莫名地覺得自己無所不能（大概吧）。

表明毫無根據的自信，當第一集發售之後——編輯大人打電話給我。

「第一名是安妮特。可以麻煩你依照預定計畫，修改第二集的稿子嗎？」

「咦……？」

好厲害。因為第一集的描寫篇幅很少，本來以為沒希望奪冠的角色，居然在楠木ともり小姐的配音和トマリ老師的角色設計的助攻之下，得到了第一名。真是太猛了。

我懷著感動的心情，顫抖著聲音說：

「對不起。要是這孩子表現太活躍，第二集會整個毀掉……我唯獨無法為了她修改稿子。」

編輯當時大概覺得「這傢伙在說什麼啊」吧。真的非常對不起。

於是，她瞬間成為不受我控制的角色。「不關本小姐的事！」地對我的苦衷一笑置之，將自以為無所不能的我徹底擊垮。

任誰也控制不了她——我想，這也是她的魅力之一吧。

對於造成這種結果的トマリ老師，以及幫忙炒熱企畫的配音員，我要再次向各位致上謝意。更重要的是，非常感謝各位參與投票的讀者。

最後是下集預告。讓各位久等了——「燈火」終於全員集合。

有所成長的少女們將共同對抗強敵。讓本系列至今的集大成，第四集為「間諜教室」第一季劃下完美句點——我會朝這個目標努力的。那麼，大家再見。

竹町

【好消息】我的不起眼未婚妻在家有夠可愛。1 待續

作者：冰高悠　插畫：たん旦

樸素的同班同學成了我的未婚妻？
她在家裡真正的面貌只有我知道。

佐方遊一就讀高二，只對二次元有興趣。某天，不起眼的同班同學綿苗結花成了他的未婚妻？兩人開始一起生活，沒想到他們有一樣的興趣，一拍即合。「一起洗澡吧？」「我可是有心理準備要一起睡喔。」而且結花漸漸大膽到在學校無法想像的地步？

NTNT200/HK$67

魔法★探險家

轉生為成人遊戲萬年男二又怎樣，我要活用遊戲知識自由生活 1~4 待續

作者：入栖　插畫：神奈月昇

瀧音加入了月讀魔法學園的三會，
魔探世界與瀧音的命運發生劇變！

一年級便獨自攻略迷宮第四十層的瀧音受邀加入月讀魔法學園中執掌最大權力的三會，他為了支援諸位女角而忙碌奔波。他注意到聖伊織的義妹結花身上發生異狀？本來應是輕鬆就能解決的事件——然而，故事朝著瀧音也不知道的新路線產生分歧？

各 **NT$200~220/HK$67~73**

一房兩廳三人行 1～2 待續

作者：福山陽士　插畫：シソ

駒村漸漸察覺奏音與陽葵的心意，
同時童年玩伴友梨意外地告白——

上班族駒村習慣了與奏音、陽葵的同居生活，也開始察覺兩人對自己懷著特別的情感，但是他不能接受，因為他是成年人。就在他思考著今後的生活時——「我一直喜歡著你……遠在『那兩人』之前。」童年玩伴友梨意外的告白動搖了三人間的關係。

各 **NT$220/HK$73**

里亞德錄大地 1~4 待續

作者：Ceez　插畫：てんまそ

守護者之塔藍鯨的MP即將枯竭，
葵娜制定作戰計畫設法幫助它。

葵娜為了讓露可見長女梅梅，帶著莉朵和洛可希努再次前往費爾斯凱洛。待在費爾斯凱洛時，煙霧人型守護者告訴葵娜有個守護者之塔維持機能的MP即將枯竭，希望她幫忙。這個守護者之塔竟然是在水中移動，身長超過一百公尺的藍鯨……？

各 **NT$250~260/HK$83~87**

續・魔法科高中的劣等生

魔法人聯社 1 待續

作者：佐島 勤　插畫：石田可奈

《魔法科高中的劣等生》續篇開幕！
最強魔法師達也將捍衛魔法人的人權！

以壓倒性的能力成為世界最強的司波達也，在風起雲湧的高中生活落幕後，為了實現新的遠景而成立社團法人「魔法人聯社」，要為魔法人的人權展開捍衛行動！《魔法科高中的劣等生》續篇，將以「魔法人聯社」為主要舞台展開新篇章！

NT$220/HK$73

國家圖書館出版品預行編目資料

間諜教室. 3,「忘我」安妮特/竹町作；曹茹蘋譯.
-- 初版. -- 臺北市：臺灣角川股份有限公司,
2022.03
面；　公分. -- (Kadokawa fantastic novels)
譯自：スパイ教室. 3,《忘我》のアネット
ISBN 978-626-321-287-9(平裝)

861.57　　111000555

Kadokawa
Fantastic
Novels

間諜教室 3
「忘我」安妮特

（原著名：スパイ教室3《忘我》のアネット）

2022年3月28日 初版第1刷發行
2023年2月24日 初版第2刷發行

作　　者：竹町
插　　畫：トマリ
譯　　者：曹茹蘋

發 行 人：岩崎剛人
總 編 輯：蔡佩芬
主　　編：朱哲成
美術設計：莊捷寧
印　　務：李明修（主任）、張加恩（主任）、張凱棋

發 行 所：台灣角川股份有限公司
地　　址：104台北市中山區松江路223號3樓
電　　話：(02) 2515-3000
傳　　真：(02) 2515-0033
網　　址：www.kadokawa.com.tw
劃撥帳戶：台灣角川股份有限公司
劃撥帳號：19487412
法律顧問：有澤法律事務所
製　　版：尚騰印刷事業有限公司
ＩＳＢＮ：978-626-321-287-9